重读抗战家书

中共中央宣传部宣传教育局

中华书局

图书在版编目(CIP)数据

重读抗战家书/中共中央宣传部宣传教育局编. —北京:中华书局,2015.12(2025.9 重印)
ISBN 978-7-101-11346-4

Ⅰ.重… Ⅱ.中… Ⅲ.①书信集-中国-现代②抗日战争-史料-中国 Ⅳ.①I266.5②K265.06

中国版本图书馆 CIP 数据核字(2015)第 264457 号

重读抗战家书
中共中央宣传部宣传教育局

责任编辑 欧阳红 李闻辛
装帧设计 周 玉
责任印制 陈丽娜
出版发行 中华书局
(北京市丰台区太平桥西里 38 号 100073)
http://www.zhbc.com.cn
E-mail:zhbc@zhbc.com.cn
印 刷 三河市中晟雅豪印务有限公司
版 次 2015 年 12 月第 1 版
2025 年 9 月第 12 次印刷
规 格 开本/710×1000 毫米 1/16
印张 9¾ 字数 80 千字
印 数 590001-595000 册
国际书号 ISBN 978-7-101-11346-4
定 价 28.00 元

出版说明

为巩固和扩大中国人民抗日战争暨世界反法西斯战争胜利70周年纪念活动的成果，大力弘扬伟大的民族精神和抗战精神，我们选取抗战英烈家书，编辑了《重读抗战家书》。这些抗战家书，展现了革命英烈坚定的理想信念和浓厚的家国情怀，感人至深、发人深省，是进行理想信念教育最生动、最有说服力的教材。

中共中央宣传部宣传教育局

2015年11月

凡 例

一、收录范围。本书所收录的家书主要选自中国国家博物馆、中国人民革命军事博物馆、中国人民抗日战争纪念馆、中国人民大学博物馆、雨花台烈士纪念馆、茅山新四军纪念馆、聊城傅斯年陈列馆等单位的藏品。

二、编排次序。本书共收录抗战家书32篇，按家书写作时间先后排序。时间相同的，按家书作者的姓氏笔画，排列先后。

三、家书标题由编者所加，统一为《×××致×××书》。标题后用圆括号标出家书写作时间，统一采用公历纪年。

四、校勘及标点。因家书作者文字水平不同，语言习惯各异，家书原文中有些词句略欠规范。在不影响理解文意的前提下，本书除应加注释及某些辨认不清的词句以外，一般能够读得通的家书原文不作改动，尽可能保持家书的原貌。

家书原文中错字、别字、异体字用〔 〕表示，原有的注释用（ ）表示，缺字、漏字，编辑补充的内容用〈〉表示，衍字用［ ］表示，污损、模糊不清和难以辨认的字用□表示。

目 录

1

吉鸿昌致妻书（1934 年 11 月 24 日）

吉鸿昌

吉鸿昌（1895—1934），原名吉恒立，字世五，河南扶沟人。1913 年，加入冯玉祥部队，骁勇善战，屡立战功。1929 年，任国民革命军陆军第 10 军军长和宁夏省政府主席。1931 年，因对“围剿”红军态度消极，被蒋介石解除军权，强令其出国。1932 年秋，加入中国共产党。1933 年 5 月，联合冯玉祥、方振武等在张家口组建察哈尔民众抗日同盟军，任第 2 军军长、北路军前敌总指挥兼察哈尔警备司令。同盟军失败后，到平津等地继续从事抗日活动。1934 年 11 月 9 日在天津法租界被捕，11 月 24 日被国民党杀害于北平陆军监狱，时年 39 岁。

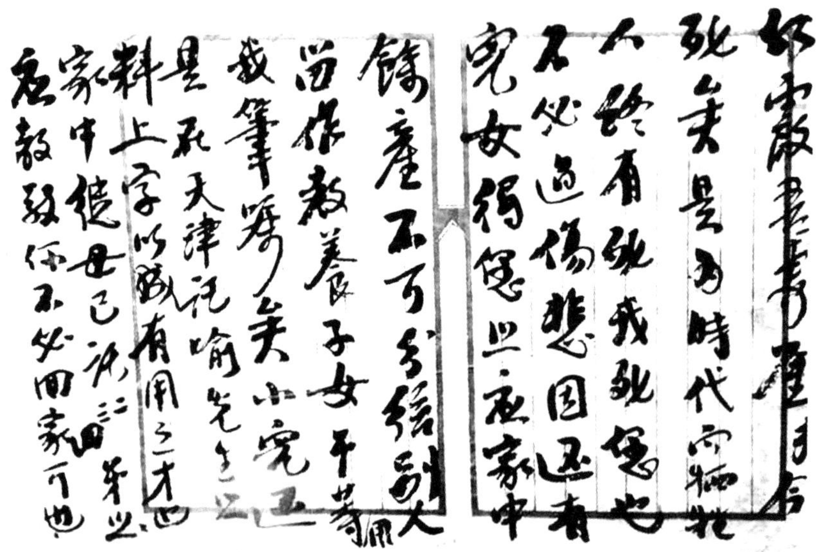

吉鸿昌致妻书（1934 年 11 月 24 日）

红霞[①]吾妻鉴：

夫今死矣！是为时代而牺牲。人终有死，我死您也不必过伤悲，因还有儿女得您照应。家中余产不可分给别人，留作教养子女干等用。我笔嘱矣，小儿还是在天津托喻先生照料上学，以成有用之才也。家中继母已托二、三、四弟照应、教〔孝〕敬，你不必回家可也。

① 红霞：吉鸿昌的妻子胡红霞。

这封家书是吉鸿昌将军在就义当天，写给妻子胡红霞的诀别信。

吉鸿昌被捕后，敌人使出种种手段，迫害逼供。吉鸿昌大义凛然地说："我是共产党员，由于党的教育，我摆脱了旧军阀的生活，转到工农劳苦大众的阵营里头来。我能够加入革命的队伍，能够成为共产党的一员，能够为我们党的主义、为人类的解放而奋斗，这正是我毕生的最大光荣。""我为抗日而死，死得光明正大！"他高呼："抗日万岁！中国共产党万岁！"从容就义。

家书第一句"夫今死矣！是为时代而牺牲"，仅仅十一个字，表现了吉鸿昌为争取民族解放、实现革命理想，捐躯赴难、视死如归的革命豪情。"家中余产不可分给别人，留作教养子女干等用"一句，表明吉鸿昌早已认清国民党当局反共反人民的丑恶本质，暗示妻子不要四处奔走、百般营救，不要变卖家产聘请法国律师阻止国民党政府"引渡"。他告诉妻子不要过于悲伤，要悉心抚养儿女；嘱托弟弟照应孝敬老人，字里行间体现出吉鸿昌对家人的无限眷恋和热爱。有国才有家，吉鸿昌以鲜血和忠诚，生动诠释了共产党人和革命者的伟大与光荣。

2

赵一曼致子书（1936年8月2日）

赵一曼与儿子陈掖贤

赵一曼（1905—1936），原名李坤泰，字淑宁，四川宜宾人。五四时期开始接受革命思想，1923年加入中国社会主义青年团，1926年转为中国共产党党员。1926年11月，进入武汉中央军事政治学校学习。1927年9月，赴苏联莫斯科中山大学学习。次年回国，在宜昌、南昌和上海等地秘密开展党的工作。九一八事变后，被派往东北地区发动抗日斗争，领导工人进行罢工运动，组织青年农民反日游击队与敌人进行斗争。1935年秋，任东北人民革命军第 3 军 1 师 2 团政治委员，率军民与日寇浴血奋战在白山黑水之间，以“红枪白马女政委”声名远扬。1935 年 11 月，赵一曼为掩护部队突围，不幸被捕。1936 年 8 月 2 日，在黑龙江珠河被敌杀害，时年 31 岁。

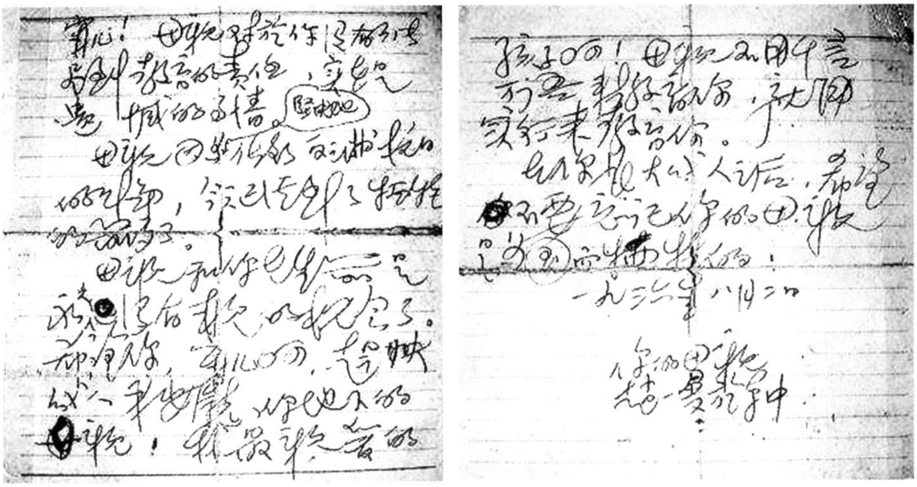

赵一曼致子书（1936 年 8 月 2 日）

宁儿[①]：

母亲对于你没有能尽到教育的责任，实在是遗憾的事情。

母亲因为坚决地做了反满抗日的斗争，今天已经到了牺牲的前夕了。

母亲和你在生前是永久没有再见的机会了。希望你，宁儿呵，赶快成人，来安慰你地下的母亲！我最

① 宁儿：赵一曼的儿子陈掖贤。

亲爱的孩子呵！母亲不用千言万语来教育你，就用实行来教育你。

在你长大成人之后，希望不要忘记你的母亲是为国而牺牲的！

一九三六年八月二日

你的母亲

赵一曼于车中

这封家书是赵一曼于1936年8月2日在被日寇押往珠河的火车上，写给儿子陈掖贤的遗书。

赵一曼被捕后，敌人对她施以酷刑，用钢针刺伤口，用烧红的烙铁烙皮肉，逼其招供。她宁死不屈，严词痛斥日寇的侵略罪行。在敌人的医院里，她积极宣传抗日救国的道理，教育争取看护和看守人员。临刑前，她高唱《红旗歌》，高呼“打倒日本帝国主义！”“中国共产党万岁！”从容就义。

九一八事变后，儿子宁儿未满三岁，赵一曼就被派往东北抗日，从此音讯杳无，留给宁儿的，只有一张合影。作为母亲，她对儿子依依不舍。赵一曼在信中写道：“母亲对于你没有能尽到教育的责任，实在是遗憾的事情。母亲因为坚决地做了反满抗日的斗争，今天已经到了牺牲的前夕了。”作为一名共产党员，她对儿子寄予厚望：“母亲不用千言万语来教育你，就用实行来教育你。在你长大成人之后，希望不要忘记你的母亲是为国而牺牲的！”民族危难之际，像赵一曼这样成千上万的革命英烈，在侵略者的炮火中奋勇前进，在侵略者的屠刀下英勇就义，彰显出中华儿女威武不屈的浩然正气。

3

高捷成致叔父书（1937 年 4 月 10 日）

高捷成

高捷成（1909—1943），福建漳州人。1932 年 4 月，参加中国工农红军，随红 1 军团到达中央苏区，从事银行工作。同年 5 月，加入中国共产党。1934 年 10 月参加长征，随中央红军到达陕北后，随后进入红军大学第 1 期学习，并创立军队会计工作制度。全民族抗战爆发后，随八路军 129 师赴冀南敌后抗日根据地，筹建和领导冀南银行，并同敌人展开了金融战，是我党金融事业的奠基人之一。1943 年 5 月，在反“扫荡”战斗中于河北内丘壮烈牺牲，时年 34 岁。

高捷成致叔父书（1937 年 4 月 10 日）

开国宗叔[①]大人台鉴：

……我自从“九一八”东北事变、“一二八”上海抗战之后，悲愤交集，誓不求中华民族之解放，当不为中华民族黄帝子孙之一人！决心从戎，于是仓卒离家，一切骨肉亲戚朋友无暇顾及辞别，至今思维尤为怅然！

民国廿一年[②]三月间离漳，倏忽于今已有六年了。

---

① 开国宗叔：高捷成的叔父高开国，从事金融业。

② 民国廿一年：1932 年。

在这六年中东西奔波，南北追逐，历尽一切千辛万苦，雪山草地，万里长征，在所不辞！无非为的是挽救国家的危亡！志向所趋，海浪风波在所难阻！不过从来没有备函奉候，音讯毫无，自然未免见怪于诸大人亲族朋友，或以为我这个不肖高家浪荡子弟，弃家离伦，不孝不义了！？我还记起将临走的时候，曾留一信给你转添木[①]我的父亲云："我要和你们离别了，或者是永远离别了，我不挂念家庭，希望家庭也无须挂念于我！"这是从戎的决心，这是救国抗战为国牺牲坚决的立志！救国才能顾家，国亡家安在！而不是断绝人伦的无条件的弃家而不顾，想或可有以原谅于我吧！？至今我的艰苦奋斗聊可做为初步阶段的结束，但是主要的抗战救国正在开始呢，所以才抽出一点工夫写信来拜候你大人。

我现在陕西省延安府旧商会驻，在外并未建置家庭，个人独身精神上尚可安乐！至于详细情形，你们来信时，我下次再谈。

我极〔现〕在迫切须要知道的：我的父亲添木和母亲是否仍在健康？几位兄弟捷元、捷三、捷开、捷绍、捷远等是否安居乐业，家庭变幻情形怎样？百川银庄发展扩大否？东华园经营兴旺否？高庆号、高合记二

① 添木：高捷成的父亲高添木，以制爆竹为业。

宝号[①]怎样？建东、建池、建华[②]几爱弟近来长大成人，想很进步！叔母大人健康否？李石虎、蔡师尧二世叔大人近来安康否？我的内室宁庭[③]改嫁否？我的小儿[④]活泼否？

我所欠挂百川银庄二万多元的债[⑤]，时刻记念在心，本利至今当在三万余。国家得救，民族得存，清债还利当不短欠分文，望勿挂念、怨恨，谨此奉达！敬请

商安！附□像片两张，请转一张给我家，给一张敬献你大人存念。

不肖浪荡宗侄　高捷成敬上

民国廿六年[⑥]四月十日

这封家书是高捷成于 1937 年 4 月 10 日在延安，写给叔父高开国的信。

自 1932 年 4 月离开家乡，高捷成已经六年没有与家人联系。

① 高庆号、高合记二宝号：高开国及其高氏家族在厦门开办的银庄分号。

② 建东、建池、建华：高捷成的三个兄弟。

③ 宁庭：高捷成的妻子蔡淑宝，1930 年与高捷成结婚，高捷成牺牲后改名高蔡宝。

④ 小儿：高捷成的儿子高得胜，高捷成参加红军时，仅出生三个月。

⑤ 二万多元的债：高捷成参加革命前曾在叔父高开国经营的百川银庄任出纳。当时曾挪用银庄二万余元用以支援闽南游击队，扩充革命武装，组织农民协会。参加革命的六年中，他始终记挂此事。

⑥ 民国廿六年：1937 年。

他在信中写道："在这六年中东西奔波，南北追逐，历尽一切千辛万苦，雪山草地，万里长征，在所不辞！无非为的是挽救国家的危亡！志向所趋，海浪风波在所难阻！""誓不求中华民族之解放，当不为中华民族黄帝子孙之一人！"铮铮誓言，感天动地，反映出中华儿女誓死不当亡国奴的强烈民族自尊，代表了共产党人挺身而出、勇赴国难的崇高革命精神。

高捷成曾于1929年到叔父经营的百川银庄协助理财，其间暗中抽取资金二万多元，资助共产党领导的闽南游击队。参加革命后，他南征北战，却时刻惦记着所欠叔父银庄的这笔款项。在信中，他告诉叔父"国家得救，民族得存，清债还利当不短欠分文"，充分显示了对革命必胜的坚定信念。

4

蔡炳炎致妻书（1937 年 8 月 22 日）

蔡炳炎

蔡炳炎（1902—1937），字洁宜，安徽合肥人。1924 年，考入黄埔陆军军官学校，成为第 1 期学员。1925 年，参加东征，讨伐陈炯明。1926 年，参加北伐。1929 年，调往北平陆军大学特别班第 1 期学习。全民族抗战爆发后，时任国民革命军陆军第 18 军 67 师 201 旅少将旅长的蔡炳炎率部参加淞沪会战，1937 年 8 月 25 日在上海罗店与日军激战中阵亡，时年 35 岁。

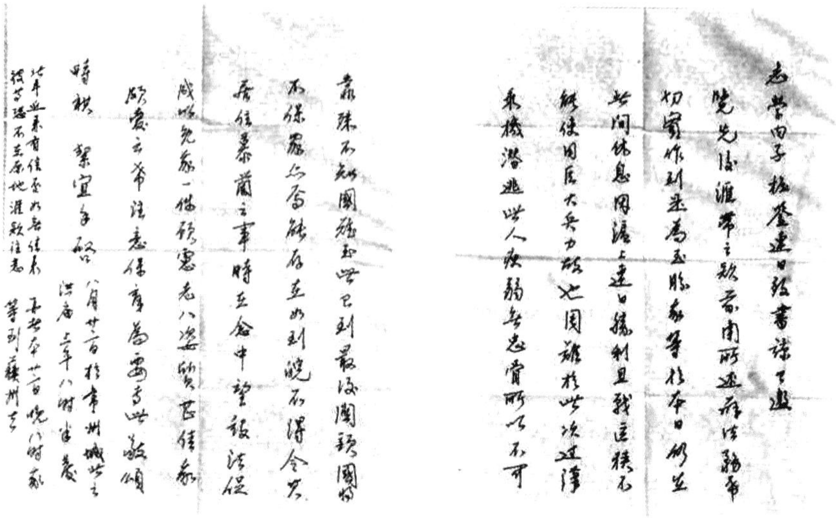

蔡炳炎致妻书（1937 年 8 月 22 日）

志学[①]内子□鉴：

连日致书，谅已邀览，先后汇带之款，前函所述办法，务希切实作到，是为至盼。我等于本日仍在此间休息，因沪上连日胜利，且战区狭，不能使用巨大兵力故也。周难[②]于此次过汉，乘机潜逃。此人瘦弱无忠骨，所以不可靠。殊不知国难至此，已到最后关头，国将不保，家亦焉能存在？如到皖，不得令其居住。慕兰[③]之事时在念中，望设法促成，以免我一件顾虑。老八[④]姿质甚佳，我颇爱之，希注意保育为要。专此，

---

① 志学：蔡炳炎的妻子赵志学。
② 周难：蔡炳炎的勤务兵。
③ 慕兰：蔡炳炎的女儿蔡慕兰。
④ 老八：蔡炳炎的儿子蔡浙生。

敬颂

时祺

洁宜手启

八月廿二日于常州城北之洪庙，上午八时半发。

北平近来有信否？如无信来，彼等恐不在原地，汇款注意。再者本廿二日晚八时，我等到苏州去。

这封家书是蔡炳炎于1937年8月22日在常州，写给妻子赵志学的信。

淞沪会战爆发后，蔡炳炎奉命率部开拔上海罗店。部队出发前，蔡炳炎在常州写下了这封家书。在信中，他痛斥了像周难这样“无忠骨”的逃兵，发出了“国难至此，已到最后关头，国将不保，家亦焉能存在”的呐喊，显示了誓与侵略者血战到底的英雄气概，奏响了气壮山河的英雄凯歌。三天后，蔡炳炎壮烈牺牲。国民政府发布褒奖令：“抗战军兴，御敌淞沪，身先士卒，为国捐躯，寰宇重光，弥怀忠烈，应予明令褒扬，以资矜式。”

蔡炳炎既是慷慨赴难的抗日英雄，又是舐犊情深的好父亲。他在信中嘱咐妻子，要照顾好女儿蔡慕兰和儿子蔡浙生，表现了英雄铁汉的侠骨柔情。

5

傅常致妻儿书（1937 年 8 月）

傅常

傅常（1887—1947），字真吾，重庆潼南人。1908 年，进入四川陆军速成学堂，接受反清革命思潮，并加入同盟会。护国军兴起时，他同蔡锷、熊克武等进军四川，在四川招讨军中任职。后进入刘湘部队。全民族抗战爆发后，傅常随部队出川，任第七战区长官部中将参谋长，负责督师抗战。抗战胜利后，1946 年 11 月出席南京国民政府召开的国民会议，担任四川省出席会议的代表。1947 年病逝于成都。

傅常致妻儿书（1937 年 8 月）

余奉命出川参加抗日战争，将奔赴前线，希汝等勿忘国难，努力学习，强我中华。

傅　常

民国二十六年[①]岁属丁丑八月

这是一封镌刻在灯柜上的特殊家书。

全民族抗战爆发后，川军将士抱定必死的信念奔赴抗战前线，临行前纷纷预留遗嘱，誓死报国。傅常也挥笔给妻儿留下一封家信，权当遗书。由于当时通讯不发达，傅常出征后家里人等了很长一段时间都没有他的任何消息，以为他已经牺牲。傅常的妻子就找来工匠，把这封家书按照丈夫笔体，原样刻在灯柜上，一是教育后人报效国家，二是为能长久地保存这封家

① 民国二十六年：1937 年。

书。刻有这封家书的灯柜，在历经磨难之后完整地保存了下来，成为川军将士舍家为国、奔赴国难、报效祖国的历史见证。

“余奉命出川参加抗日战争，将奔赴前线，希汝等勿忘国难，努力学习，强我中华。”短短三十一个字，字字铿锵，荡气回肠。傅常对妻儿提出的期望和嘱托，体现了殒身不恤、抵御外侮、振兴中华的家国情怀。

6

左权致叔父书（1937年9月18日）

左权

左权（1905—1942），原名左纪权，湖南醴陵人。1924年，进入黄埔陆军军官学校第1期学习。1925年2月加入中国共产党，11月到苏联学习。1930年回国后，到中央苏区工作，参加了五次反“围剿”作战。1934年10月，参加长征，参与指挥强渡大渡河、攻打腊子口等战斗。长征到达陕北后，任红1军团代理军团长，率部西征并参与指挥山城堡战役。全民族抗战爆发后，任八路军副参谋长、前方总部参谋长，协助朱德、彭德怀指挥八路军开赴华北抗日前线，开展敌后游击战争。参与指挥百团大战，指挥黄崖洞保卫战。1942年5月25日，在山西辽县与日军作战中壮烈牺牲，时年37岁。

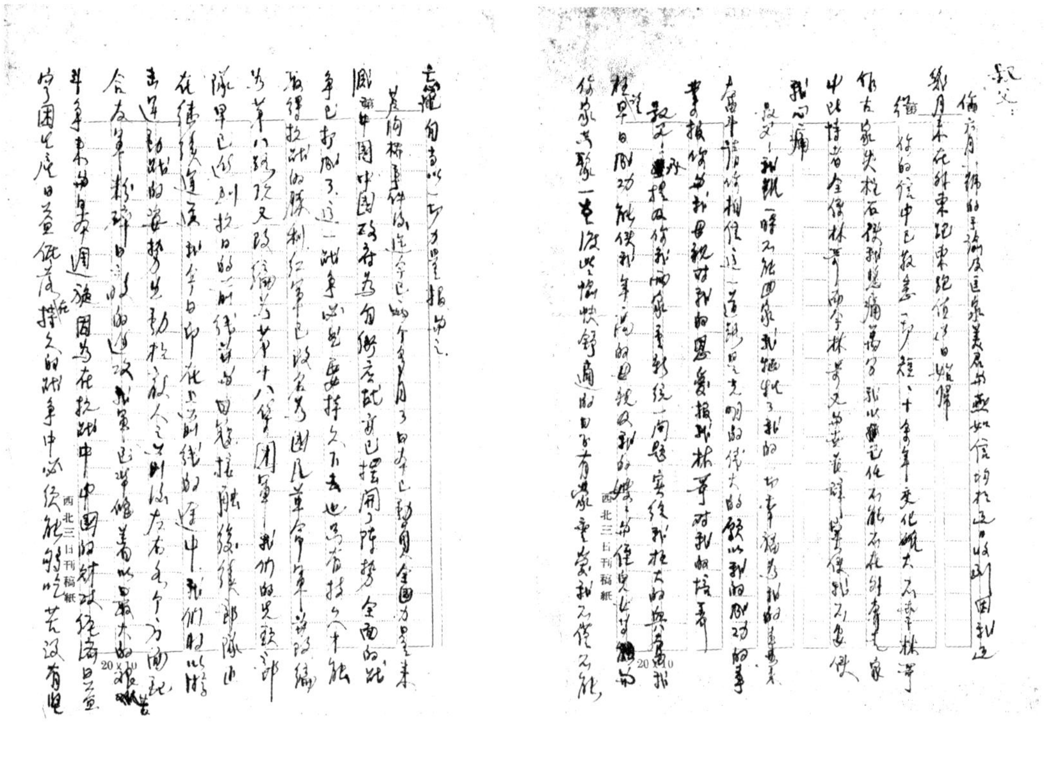

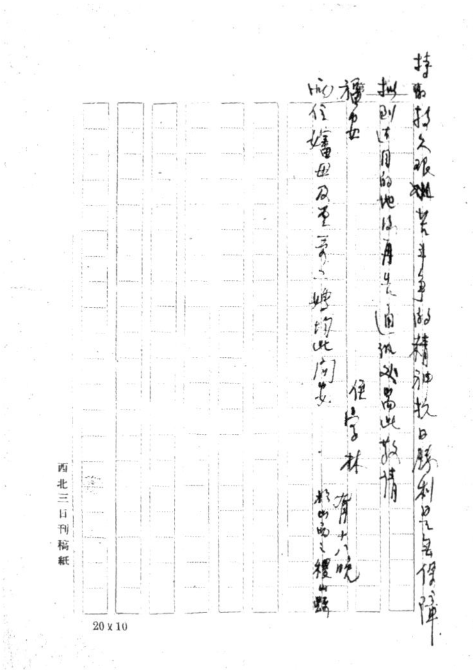

左权致叔父书（1937 年 9 月 18 日）

叔父[1]：

你六月一号的手谕及匡家美君[2]与燕如[3]信均于近日收到，因我近几月来在外东跑东〔西〕跑，值近日始归。

从你的信中已敬悉一切，短短十余年变化确大，不幸林哥[4]作古，家失柱石，使我悲痛万分。我以已

① 叔父：左权的叔父左铭三。
② 匡家美君：左权的同村人匡美君，其儿时的伙伴。
③ 燕如：左权的族中好友左燕如。
④ 林哥：左权的大哥左育林。

任不能不在外奔走，家中所恃者全系林哥，而今林哥又与世长辞，实使我不安，使我心痛。

叔父！我虽一时不能回家，我牺牲了我的一切幸福，为我的事业奋斗。请你相信这一道路是光明的、伟大的。愿以我的成功的事业，报你与我母亲①对我的恩爱，报我林哥对我的培养。

叔父！承提及你我两家重新统一问题，实给我极大的兴奋，我极望早日成功，能使我年高的母亲及我的嫂嫂与侄儿、女等，与你家共聚一堂，渡〔度〕些愉快舒适的日子。有蒙垂爱，我不仅不能忘记，自当以一切力量报与之。

芦沟桥事件后，迄今已两个多月了。日本已动员全国力量来灭亡中国。中国政府为自卫应战亦已摆开了阵势，全面的战争已打成了。这一战争必然要持久下去，也只有持久才能取得抗战的胜利。红军已改名为国民革命军，并改编为第八路，现又改编为第十八集团军。我们的先头部队早已进到抗日的前线，并与日寇接触，后续部队正在继续运送。我今日即在上前线的途中。我们将以游击运动战的姿势，出动于敌人之前后左右各个方面，配合友军粉碎日敌的进攻。我军已准备着以最大的艰苦斗争来与日本周旋，因为在

① 母亲：左权的母亲左张氏。

抗战中，中国的财政经济日益穷困，生产日益低落，在持久的战争中必须能够吃苦，没有坚持的持久艰苦斗争的精神，抗日胜利是无保障。

拟到达目的地后，再告通讯处。专此敬请

福安

侄　字林[1]

九月十八晚

于山西之稷山县

两位婶母及堂哥[2]二嫂均此问安

这封家书是左权于1937年9月18日，写给叔父左铭三的信。

左权的叔父于1937年6月1日给左权写了一封家信，告知其大哥左育林的死讯及家中近况。当时，左权身为红军高级将领，工作繁忙，无暇回信。9月18日，左权在山西省稷山县，写了这封信。

左权在信中写道："我牺牲了我的一切幸福，为我的事业奋斗。请你相信这一道路是光明的、伟大的。"这掷地有声的话语，抒发了一个共产主义战士为民族独立、人民解放和国家富强、人民幸福，矢志不渝奋斗的远大抱负。左权毕生坚定这份信仰、

① 字林：左权的小名。
② 堂哥：左权的二哥左纪堂。

坚定这份信念、坚定这份忠诚，挺起了共产党人的精神脊梁。

他在信中还写道：“日本已动员全国力量来灭亡中国。中国政府为自卫应战亦已摆开了阵势，全面的战争已打成了。这一战争必然要持久下去，也只有持久才能取得抗战的胜利。”“我们将以游击运动战的姿势，出动于敌人之前后左右各个方面。”“在持久的战争中必须能够吃苦，没有坚持的持久艰苦斗争的精神，抗日胜利是无保障。”这充分表明，中国共产党坚持全面抗战路线，提出和实施持久战的总方针和一整套人民战争的战略战术，以自己的政治主张、坚定意志、模范行动，支撑起全民族救亡图存的希望，引领着夺取抗战胜利的正确方向，成为夺取战争胜利的民族先锋。

“名将以身殉国家，愿拼热血卫吾华。太行浩气传千古，留得清漳吐血花。”这是朱德为悼念左权壮烈殉国而写的一首挽诗。周恩来称他“足以为党之模范”。

7

郝梦龄致妻书（1937 年 10 月 10 日）

郝梦龄

郝梦龄（1898—1937），字锡九，河北藁城人。1914 年入伍参军，保定陆军军官学校第 6 期步兵科毕业，曾参加过北伐战争。全民族抗战爆发后，时任国民革命军陆军第 9 军军长的郝梦龄率部参加忻口会战。1937 年 10 月 16 日，在忻口西北侧南怀化阵地与日军作战时中弹牺牲，时年 39 岁。

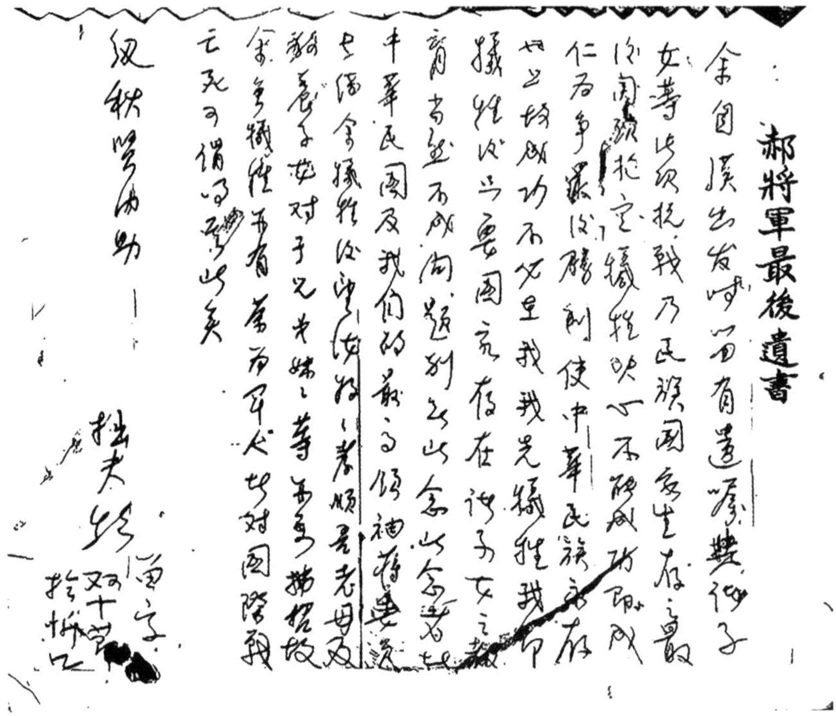
郝將軍最後遺書

郝梦龄致妻书（1937 年 10 月 10 日）

余自汉出发时，留有遗嘱与诸子女等。此次抗战乃民族国家生存之最后关头。抱定牺牲决心，不能成功即成仁，为争最后胜利，使中华民族永存世上，故成功不必在我，我先牺牲。我即牺牲后，只要国家存在，诸子女之教育当然不成问题。

……倘余牺牲后，望汝好好孝顺吾老母及教养子女，对于兄弟姐妹等亦要照拂。故余□牺牲亦有荣，为军人者，对国际战亡，死可谓得其所矣！

纫秋[1]贤内助

拙夫龄留字

双十节于忻口

这封家书是郝梦龄于1937年10月10日在忻口会战前线，写给妻子剧纫秋的信。

“此次抗战乃民族国家生存之最后关头。抱定牺牲决心，不能成功即成仁，为争最后胜利，使中华民族永存世上，故成功不必在我，我先牺牲。”郝梦龄在信中，表达了誓死抗战、血战到底的坚强决心，彰显了为民族而战、为祖国而战、为尊严而战的坚定意志，不愧为中华民族的英雄。

这封家信写成后的第六天，郝梦龄壮烈殉国，用鲜血和生命践行了他的誓言。1938年，毛泽东在延安追悼抗敌阵亡将士大会上，评价郝梦龄是“给了中国人民以崇高伟大的模范”。

① 纫秋：郝梦龄的妻子剧纫秋。

8

谢晋元致连襟书（1937 年 10 月 18 日）

谢晋元

谢晋元（1905—1941），字中民，广东蕉岭人。1926 年，黄埔陆军军官学校第 4 期毕业。后随军北伐，屡建战功。1932 年，参加淞沪抗战。1937 年，淞沪会战爆发后，时任国民革命军陆军 88 师 524 团团附的谢晋元英勇参战。1937 年 10 月 26 日，他奉命率领“八百壮士”坚守上海四行仓库，血战四昼夜，完成了掩护大部队撤退的任务，之后孤军撤退到英租界。1941 年 4 月 24 日，谢晋元被叛兵杀害，牺牲于上海孤军营，时年 36 岁。

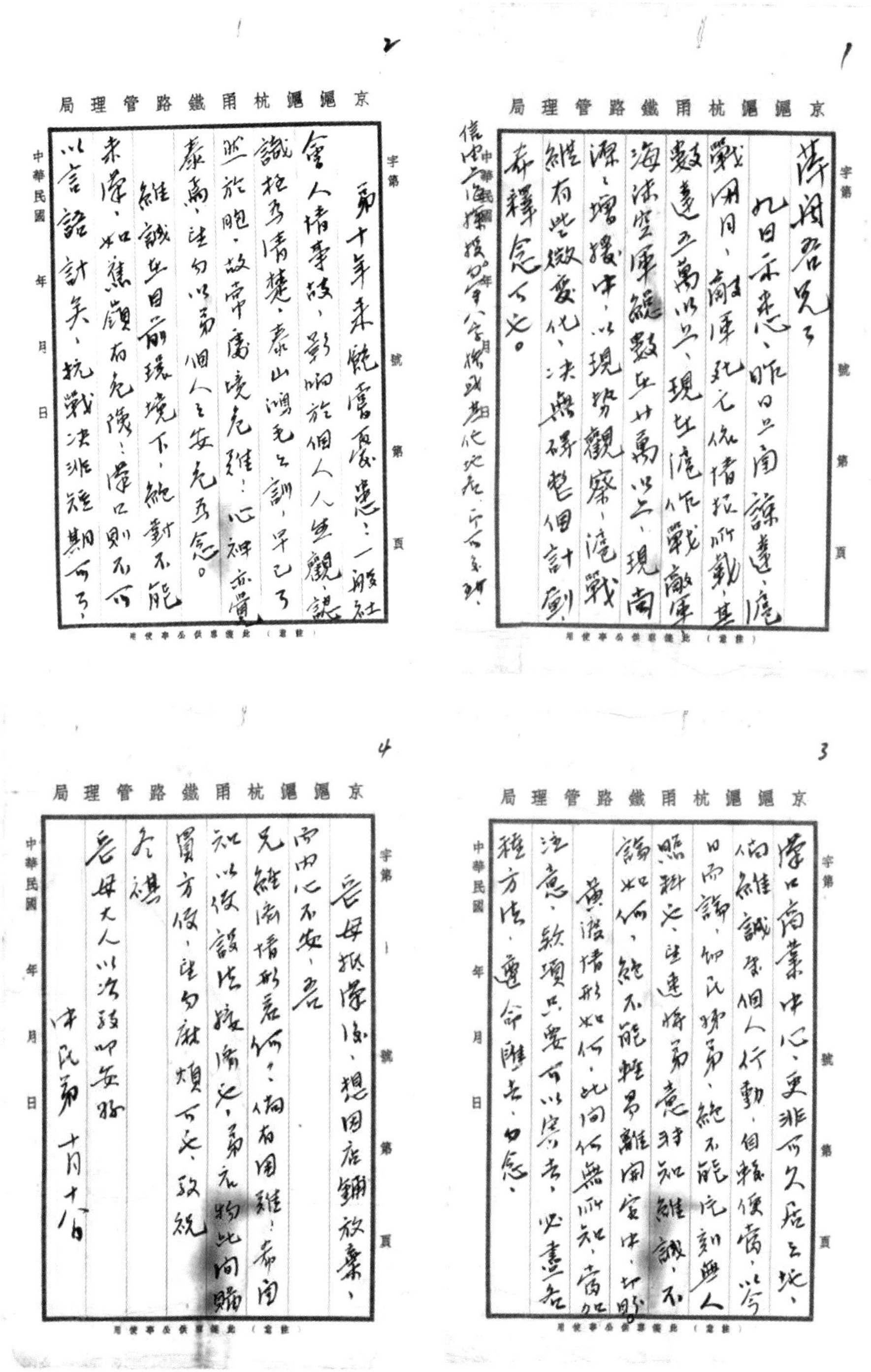

京滬滬杭甬鐵路管理局

蓮舫吾兄：

九日示悉，昨日上函諒達。滬戰開月，兩軍死亡俱增，據所載，共數達三萬以上，現在滬作戰敵軍海陸空軍總數在廿萬以上，現尚源源增援中。以現勢觀察，滬戰縱有些微變化，決無碍整個計劃，希釋念可也。

信由上海採樓轉，如今後改寄他處，亦可妥收。

弟十年來飽嘗憂患，一般社會人情事故，影响於個人之觀認，識極爲清楚。泰山鴻毛之訓，早已了然於胸，故常處境危難，心神亦覺泰然，決不以弟個人之安危爲念。

維識在目前環境下，絕對不能來滬，如蕉嶺有危險，滬上則不可以言語計矣。抗戰決非短期可了，滬上商業中心，更非可久居之地。倘維識爲個人行動，自較便當，以今日而論，即兄與弟，絕不能從新無人照料之，至速將弟意轉知維識，不論如何，絕不能輕易離開家中。

黃、潘情形如何，此間亦無所知，當加注意。款項只要可以寄去，必盡其種方法，遵命匯去，勿念。

吾母抵滬後，想因店鋪放棄，而內心不安，吾兄雖深悉情形若何？倘有困難，希即知以便設法接濟之。弟在此間購物買方便，望勿麻煩可也。致祝

冬祺

吾母大人以次均叩安好

中民弟 十月十八日

谢晋元致连襟书（1937 年 10 月 18 日）

萍舟[1]吾兄：

九日示悉，昨日上函谅达。沪战两月，敌军死亡依情报所载，其数达五万以上。现在沪作战敌军海陆空军总数在廿万以上，现尚源源增援中。以现势观察，沪战纵有些微变化，决无碍整个计划。希释念可也。

信由上海探投。勿写八字桥或其他地名，即可交到。

弟十年来饱尝忧患。一般社会人情事故，影响于个人人生观，认识极为清楚。泰山鸿毛之训，早已了然于胸。故常处境危难，心神亦觉泰焉。望勿以弟个人之安危为念。

维诚[2]在目前环境下，绝对不能来汉。如蕉岭有危险，汉口则不可以言语计矣。抗战决非短期可了，汉口商业中心，更非可久居之地。倘维诚属个人行动，自较便当，以今日而论，幼民[3]姊弟，绝不能片刻无人照料也。望速将弟意转知维诚，不论如何，绝不能轻易离开家中，切盼。

黄渡情形如何，此间何无所知，当加注意。款项只要可以寄去，必尽各种方法，遵命汇去，勿念。

岳母抵汉后，想因店铺放弃，而内心不安。吾兄经

① 萍舟：谢晋元的连襟张萍舟。
② 维诚：谢晋元的妻子凌维诚。
③ 幼民：谢晋元的儿子谢幼民。

济情形若何？倘有困难，希函知以便设法接济也。弟衣物此间购买方便，望勿麻烦可也。敬祝

冬祺

岳母大人以次敬叩安好

中民弟十月十八日

这封家书是谢晋元于1937年10月18日在淞沪会战前线，写给连襟张萍舟的信。

谢晋元写这封信的时候，淞沪会战已进行了两个多月，大场防线刚刚失守。仅时隔八天，谢晋元便接到了坚守四行仓库、掩护部队转移的命令。因此，这封家书也是谢晋元在生死决战之前对家人的殷殷嘱托。

谢晋元在信中写道："沪战两月，敌军死亡依情报所载，其数达五万以上。现在沪作战敌军海陆空军总数在廿万以上，现尚源源增援中。"面对战斗之惨烈、战局之艰难，谢晋元以"泰山鸿毛之训，早已了然于胸。故常处境危难，心神亦觉泰焉"的大无畏精神，表达了自己早已将生死置之度外，愿为国家、民族牺牲生命的决绝之心，用自己的实际行动书写了一曲悲壮的人生之歌。毛泽东高度赞誉"八百壮士"是"民族革命典型"。

谢晋元在信中还充满了对妻子家人安危的挂念。他请张萍

舟转告妻子，在家照顾好家人，“绝不能轻易离开家中”，自己会尽力“设法接济”，对家人的关心跃然纸上。

9

赵渭滨致子书（1937 年 10 月 24 日）

赵渭滨

赵渭滨（1894—1938），字象贤，四川成都人。辛亥革命后曾参加与清廷残余势力的斗争。全民族抗战爆发后，任国民革命军陆军第 41 军 122 师参谋长，随军出川抗战，转战于山西娘子关、芹泉、榆次等地。1938 年 1 月，随部由山西转赴山东临城参加徐州会战。1938 年 3 月 17 日，在保卫滕县的战斗中，赵渭滨率部与日军激战三昼夜，壮烈牺牲，时年 44 岁。

No. 1.　24日10月　年

铁松：出门因在行进中，未向家中写信去，想你已接到通知到了哪？何时回校？望你告诉我！

到陕即催促前进。西安行营说到太原就可补充，到了阎方部队通过及红军要来陕，又被催促赶到了此地，乃仍一无所有。阎的新炮新枪均运到他方去。晋军则望风而逃，十五万人现只两三万，你的把枪弃回家了。这种残缺军阀的不要其正是太无人心到极点了。

No. 2.　日　月　年

我们在前线加强了阎方面，受红军之作指挥。据了阎一节是此地倒还可以。不过川军的枪多于零，重机枪枪均土造不能连发，没有大炮，只有以血肉去与敌人的机械化的部队和枪炮火碰，结果之如何不问可知了。

平汉线方面已退到彰德，但阎河北已的敌手，从石家庄到石家彰德沿途都可通，敌可以进入晋南，以威胁太原。太原有失，据了阎东在暴露，其后的退路尚不

No. 3.　日　月　年

知在何所？前途茫茫，也不敢再往下了。所幸据了阎南关是红军的刘伯承师。我已同他们接洽，约有连络。红军之苦战，红军之努力，其使东北军晋绥军陕军惧死，老百姓有三句话说：红军又会打仗又不扰民；中央军会打仗但是扰民；晋陕军又不会打仗又扰民。就可见一斑了。

因省到党，新福麟李服膺这些家伙，使敌人把中国军队看得一钱不值。他很少部队，瑾和我们干不希奇，他这次方都

No. 4.　日　月　年

不安，还是一往前进，向着一致攻击。他说中国军队必有完成八路，至你都会得退。所以在忻口的敌人他的连续性被红军截断了，被向我已不断的遭到攻击，而说这些军队都是私人的工具，都要协同作战的精神，所以才使敌人深入做到这样子。

红军改编后中央原意把他分作三支使用。经他们再四要求，乃发表为第八路，在山西协作战，但分作一师在晋西北，一师在晋东北，一师在晋东南，以发挥他的巧妙的勇敢的游击战。

No. 5、 日 月 年

術。

我在西安会李一氓不遇，蒙林祖涵先生接见我并与我介绍周恩来彭雪枫。上天往会周，到五台总部去了，只会见彭。他说前线红军除了领取中央的少许饷外一无补充，他们全靠俘虏敌人的粮食作粮食，他们把山西民众发动起来同他们一路，所以他们能够深入到雁门以北去。

从侯马起—红军上车地段—一路沿途都看着红军活动。不只是人民，中央军也说他

No. 6、 日 月 年

好，也称赞他不已。到了太原，人民团体之以请周恩来同丁玲讲演游击战术。他们到一处也即集合民众演抗日的爱国戏剧。这些自然都是这些军队所望尘莫及，自然只有让他出风头了。

我为甚么同你说这么详细？就是要使你知道现在已是新的军阀总崩溃之一日。民国二十六年的总结算，恐怕快要到了！同时红军在民族抗战当中一切一切，也就是共产党在中国民众心理上所奠

No. 7、 日 月 年

之的很大基础！未来的成功，未来的抗战，恐怕还是要靠共产党吧！

你现在一切也不必问，埋着头只去读你的书！只要能学成一个健全工人健全的技术家。我也就无恨了。说是你学的技术正是未来抗战必需的工具呢！

我的年纪我自己晓得。这么多人都牺牲了，我又怕甚么？可惜的我的体力不顶强，不能参加红军去作战。否则倒是一个很好的机会！

No. 8、 日 月 年

我所谓机会，并不是机会主义。我自信对于共产党至少是同情的，就是列宁说的同路人，我自信也是同路人的一个！说着这类的话不必说，现在经验后可以大胆说一点。老实说，我希望你技能的标准，不是希望你作一个普通工程师了，还希望你准备在一个社会主义国家中能够当一个优良的技师！能够在社会主义国家中服务！能够在复兴民族恢复失地的工作上作最大的努力，最大的贡献！

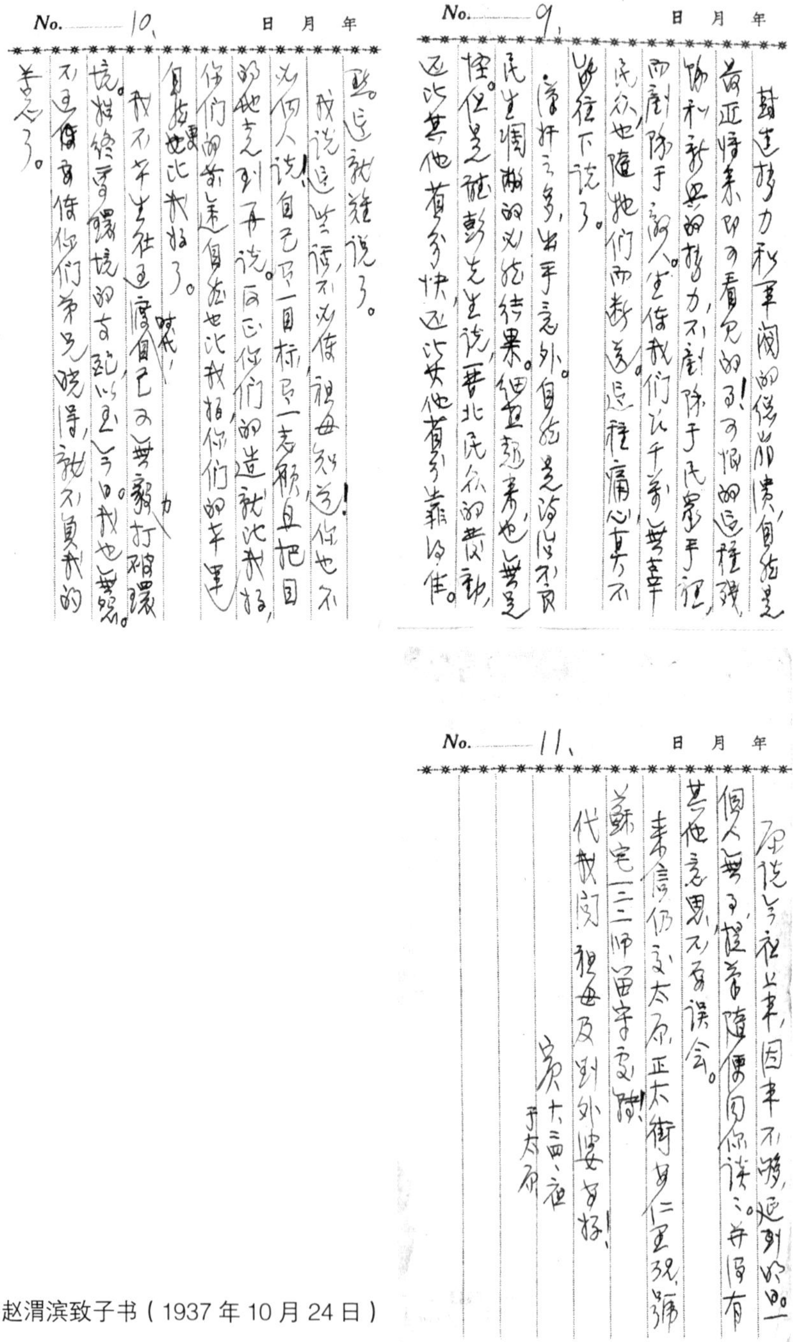

赵渭滨致子书（1937 年 10 月 24 日）

铁松[1]：

出门因在行进中，未得家中一信，甚念！你学校的通知到了么？何时入校？望你告诉我！

到陕即催促前进。西安行营说到太原就可补充，到潼关等部队过河及孙军长来陕，又被催得要死。到了此地，乃仍一无所有。阎[2]的新炮新枪，均运到后方去。晋军则望风而逃，十五万人现只两三万，余均把枪带回家了。这种残余军阀的可恶，真正是太无人心，到极点了。

我们奉命增加娘子关方面，受孙连仲指挥。娘子关一带是山地，倒还可守。不过川军的枪等于零，重轻机枪均土造，不能连发，没奈何只有以血肉去与敌人机械化的部队和机炮火碰。结果之如何，不问可知了。

平汉线方面已退到彰德，整个的河北已入敌手，从石家庄到彰德沿途都有道路可以进入晋南，以威胁太原。太原有失，娘子关更极暴露。最后的退路，尚不知在何所？前途茫茫，也不顾再焦了。

所幸娘子关南翼，是红军的刘伯承师。我已同他们接洽，约有连络。红军之善战，红军之努力，真使东北军、晋绥军、陕军愧死！老百姓有三句话说，红

① 铁松：赵渭滨的儿子赵世诚。
② 阎：阎锡山，时任第二战区司令长官。

军又会打仗又不扰民，中央军会打仗但是扰民，晋陕军又不打仗又扰民。就可见一班〔斑〕了。

因为刘汝明、万福麟、李服膺这些家伙，使敌人把中国军队看得一个钱不值。它很少部队硬和我们干，不希奇，它连后方都不要，还是一往前进，向着一点攻击。它认为中国军队只要突破一点，全线都会溃退。所以在忻口的敌人，它的连络虽被红军截断，它仍然向我正不断的猛烈攻击。可恨这些军队，都是私人的工具，都无协同作战的精神，所以才使敌人骄傲自信到这样子。

红军改编后，中央原意把他分作三处使用。经他们再四要求，乃发表第八路，在山西境内作战。但仍然一师在晋西北，一师在晋东北，一师在晋东南，各发挥他的巧妙的勇敢的游击战术。

我在西安会李一氓不遇，蒙林祖涵[①]先生接见我，并与我写信介绍周恩来、彭雪枫。今天往会周，到五台总部去了，只会见彭。他说，前线红军除了得点中央的子弹外，一无补充。他们全靠俘虏敌人的粮食作粮食，他们把山西民众发动起来，同他们一致。所以他们敢于深入到雁门以北去。

从侯喜起——红军上车地点——沿途都听着红军

① 林祖涵：林伯渠的原名，时任八路军驻陕办事处党代表。

德政。不只是人民，中央军也说他好，也称赞他不已。到了太原，人民团体竟公请周恩来同丁玲讲演游击战术。他们到一处，也即集合民众演抗日的爱国戏剧。这些自然都是这些军队所望尘莫及。自然只有让他出风头了。

我为甚么向你写这么详细？就是要使你知道现在已是万恶军阀总崩溃之一日。民国二十六年[①]的总结算，恐怕快要到了！同时红军在民族抗战当中的一切一切，也就是共产党在中国民众心理上所建立的很大基础！未来的成功，未来的抗战，恐怕还是要靠共产党吧！

你现在一切也不必问，埋着头只去读你的书！只要能学成一个健全工人，健全的技术家。我也就无恨了。况且你学的技术，正是未来抗战必需的工具呢！

我的安危，我自己晓得。这么多人都牺牲得，我又怕甚么？可惜的我的体力不顶强，不能参加红军去作战。否则倒是一个很好的机会！

我所谓机会，并不是机会主义者，我自信对于共产党，至少是同情的！就是列宁说的同路人，我自信也是同路人的一个！从前这类的话不能说，现在短期内总可以大胆说点。老实说，我希望你技能的标准，

① 民国二十六年：1937年。

不是希望你作一个普通工程师了事，还希望准备在一个社会主义国家中能够当一个优良的技师！能够在社会主义国家中服务！能够在复兴民族恢复失地的工作上作最大的努力，最大的贡献！

封建势力和军阀的总崩溃，自然是最近将来即可看见的事！可恨的这种残余和新兴的势力，不铲除于民众手里，而铲除于敌人。坐使我们几千万无辜民众，也随它们而断送。这种痛心，真不能往下说了。

汉奸之多，出乎意外。自然是政治不良民生凋敝的必然结果。细想起来，也无足怪。但是听彭先生说，晋北民众的发动，还比其他省分快，还比其他省分靠得住点。这就难说了。

我说这些话，不必使祖母知道！你也不必向人说！自己有一目标，有一志愿，且把目的地走到再说。反正你们的造就比我好，你们的前途自然也比我好，你们的幸运自然更比我好了。

我不幸生在过渡时代，自己又无毅力打破环境。始终受环境的支配，以至今日。我也无怨。不过要使你们弟兄晓得，就不负我的苦心了。

原说今夜上车，因车不够，延到明日。一个人无事，提笔随便同你谈谈。并没有其他意思，不要误会。

来信仍交太原正太街安仁里32号苏宅一二二师

留守处转！

代我问祖母及刘外婆安好！

宾十、二四、夜

于太原

这封家书是赵渭滨于1937年10月24日在山西抗日前线，写给儿子赵世诚的信。

赵渭滨在信中鲜明地比较了国共两党军队在抗战中的表现，“晋军则望风而逃，十五万人现只两三万，余均把枪带回家了。这种残余军阀的可恶，真正是太无人心，到极点了”，“红军之善战，红军之努力，真使东北军、晋绥军、陕军愧死！老百姓有三句话说，红军又会打仗又不扰民，中央军会打仗但是扰民，晋陕军又不打仗又扰民”。他在对国民党军队的腐败无能、抗战不力感到痛心疾首的同时，对红军的抗战真诚赞誉、深表钦佩，并预见性地提出：“未来的成功，未来的抗战，恐怕还是要靠共产党吧！”这充分表明，中国共产党用捍卫民族独立最坚定、维护民族利益最坚决、反抗外来侵略最勇敢的实际行动，发挥了全民族抗战的中流砥柱作用，感染和激励着全体中华儿女的抗战热情和斗志，赢得了人民群众的信赖和拥护。

“我的安危，我自己晓得。这么多人都牺牲得，我又怕甚么？”身处抗战前线的赵渭滨已将生死置之度外。他对国家和民族的前途命运满怀信心，对建设一个强大的社会主义新中国无限向往，他告诉儿子："不是希望你作一个普通工程师了事，还希望准备在一个社会主义国家中能够当一个优良的技师！能够在社会主义国家中服务！能够在复兴民族恢复失地的工作上作最大的努力，最大的贡献！"

10

萧远连致兄书（1937 年 11 月 27 日）

萧远连（？—1944），江西南康人。八路军 115 师 343 旅 686 团 1 营战士，1944 年牺牲。

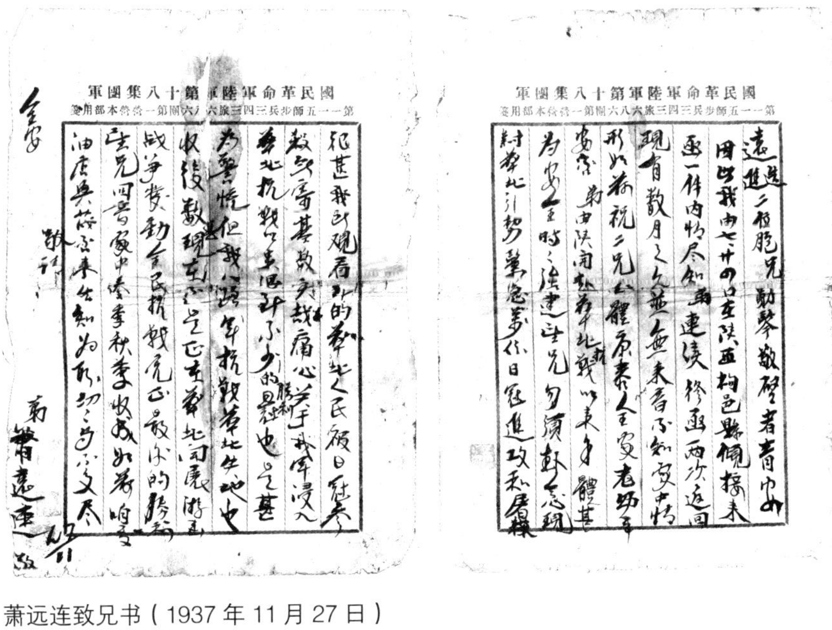
國民革命軍陸軍第十八集團軍
第一一五師步兵三四三旅六八六團第一營本部用箋

國民革命軍陸軍第十八集團軍
第一一五師步兵三四三旅六八六團第一營本部用箋

萧远连致兄书（1937 年 11 月 27 日）

远造、远进[1]二位胞兄勋鉴：

敬启者青安。

因此我由七、廿四日在陕西栒邑县，倾接来函一件，内情尽知。弟连续修函两次返回，现有数月之久，并无来音，不知家中情形如荷〔何〕？祝二兄玉体康泰！全家老幼平安否？弟由陕开赴华北抗战以来，身体甚为安全，时时强建〔健〕，望兄勿须卦〔挂〕念。现对华北形势紧急万份〔分〕，日寇进攻和屠杀很甚，我所观看到的华北人民被日寇参〔惨〕杀无寄〔计〕基〔其〕数，实哉痛心。关于我军浸〔深〕入华北抗战以来，得到不少的胜利，日寇也是甚为警〔惊〕慌。但我八路军抗战华北，失地也收复数县，现在还是正在华北开展游击战争，发动全民抗战，完正〔成〕最后的胜利。望兄回音，家中春季秋季收成如荷〔何〕？咱处油店兴茂否？来告知为要，切切。□不多尽。

敬请

金安

弟萧远连敬

27/11

① 远造、远进：萧远连的哥哥萧远造、萧远进。

这封家书是萧远连于1937年11月27日在山西汾阳，写给胞兄萧远造、萧远进的信。

1937年7月间，萧远连在陕西旬邑接到家书并连续写了两封回信，但四个月都没有得到家中任何消息。随时准备牺牲在抗日前线的萧远连，急于了解二位胞兄及各位亲人的近况，于是写了这封家书。

萧远连目睹了日寇给中国人民带来的前所未有的巨大灾难，在信中写道："日寇进攻和屠杀很甚，我所观看到的华北人民被日寇惨杀无计其数，实哉痛心。"面对穷凶极恶的侵略者，他没有悲观失望，内心充满了抗战到底的昂扬斗志和必胜信念："我军深入华北抗战以来，得到不少的胜利，日寇也是甚为惊慌。但我八路军抗战华北，失地也收复数县，现在还是正在华北开展游击战争，发动全民抗战，完成最后的胜利。"这封信也从一个侧面，反映了中国共产党领导下的人民军队，是坚持华北等地区敌后抗战的主力军，是中国抗战的中坚力量。

11

王传馥致父母书（1937 年 12 月）

王传馥

王传馥（1920—1942），江苏吴县人。1937 年参加革命，同年底赴山西临汾八路军办事处学兵队学习，结业后到新四军工作。1939 年 3 月，加入中国共产党。1941 年 1 月 6 日，在皖南事变中被俘。在狱中团结同志，坚持斗争，是中共茅家岭监狱秘密党支部负责人。1942 年 5 月 25 日，组织狱中同志发动茅家岭暴动，为掩护同志安全越狱，被敌人打伤后再次被捕。1942 年 5 月 28 日，惨遭敌人活埋，时年 22 岁。

王传馥致父母书（1937 年 12 月）

爸妈：

大场[1]失守后，东战场再也不能乐观了，敌军抵苏[2]的消息传到我耳中，我只得向上帝祝福全家的安全。日军攻吴兴[3]，菱湖也不成安全之区了，我想或者会搬到安徽，我也希望搬到安徽。

我是为了读书而离爸妈到上海来的，可是到现在读书也不成了，上海的环境也可想而知。我感到自己太无用，不能救国也不能助家，在现在的中国是不容许这样的。

我现在立志到陕北，我可以说并不是当红军去的，

① 大场：位于上海市区以北。1937 年 10 月 22 日，中国守军据守于此，与日军激战数日。10 月 26 日，被日军攻破阵地。

② 苏：今苏州市，1937 年 11 月 19 日被日军攻占。

③ 吴兴：今湖州市，位于浙江北部，1937 年 11 月 24 日被日军攻占。

而是读书去的，我相信那里能够造就我，报效国家。时间不允许我得到爸妈的允许而行，但我想是不需要的，一定允许我的。我深感长者之爱，但命运不允许我侍奉左右了，我是要远离爸妈了。也许将来还有见面的机会，也许再也没有见面的机会。爸妈不必伤心，我以爸妈之爱来爱大众，爸妈是喜欢的。我下最大的决心达到目的，尽力打破一切困难。

敬祝

安康

再祝

我们得到最后胜利

传馥

赴陕前[①]

□叔给我最大的帮助，我永不能忘了他的爱。祝他

永远快乐！一定不使他失望。

这封家书是王传馥于1937年12月准备从浙江奔赴延安之前，写给父母的信。

1937年淞沪会战后，上海市区和苏南、浙北地区相继沦陷，

① 王传馥在赴陕北途中，于山西临汾参加了八路军办事处学兵队，没有继续赴陕北。

王传馥所在的学校也被迫从上海搬到浙江。作为一个热血爱国青年，面对“再也不能乐观了”的抗战形势，他“感到自己太无用，不能救国也不能助家，在现在的中国是不容许这样的”。朴实的话语背后，展现了每一个有良知的中国人挽救国家危亡、献身抗战事业的民族大义。

到陕北去，是全民族抗战爆发后无数热血青年的人生选择，王传馥就是其中的一员。他在信中写道：“相信那里能够造就我，报效国家。”展现了一个热血青年追求光明、追求真理的人生理想。“也许再也没有见面的机会。爸妈不必伤心，我以爸妈之爱来爱大众，爸妈是喜欢的。我下最大的决心达到目的，尽力打破一切困难”，表现了王传馥舍小家、为大家的人间大爱和胸怀天下的高尚情操，表达了他立志救国救民、抗战到底的坚定决心。

12

唐仁玙致妻书（1938 年 1 月 5 日）

唐仁玙

唐仁玙（1907—1940），字璠垣，湖南东安人。全民族抗战爆发后，随军转战台儿庄、上海、南京、蚌埠等地，屡立战功。1938 年底，被任命为湖北黄安县县长兼县军民抗日游击总队队长，协助阻止日寇对武汉的突袭合围。1940 年 4 月，在檀树岗参加国民革命军 171 师的军政会议时，遭日本飞机轰炸，不幸牺牲，时年 33 岁。

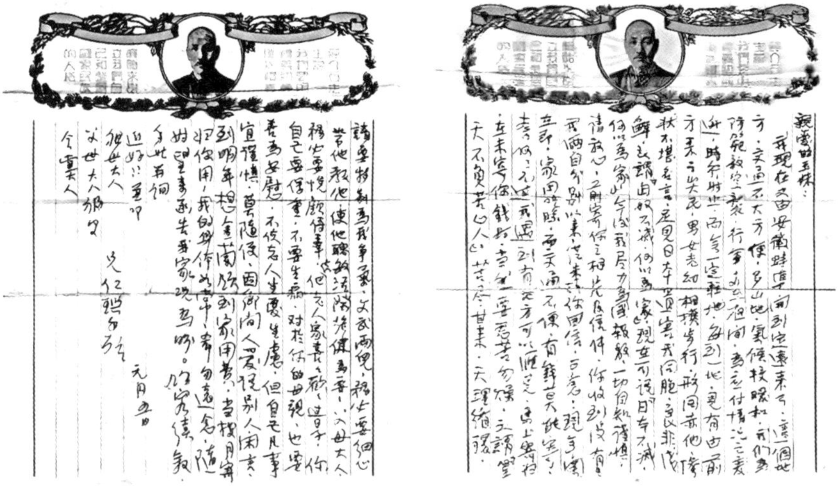

唐仁玙致妻书（1938 年 1 月 5 日）

亲爱的玉妹[1]：

我现在又由安徽蚌埠开到定远来了。这个地方，交通不大方便，多山地，气候较暖和。我们为防范敌空袭，行军多在夜间。为应付情况之变迁，时行时止，而无一定驻地。每到一地，见有由前方来之灾民，男女老幼，相携步行，形同赤他〔地〕，惨状不堪名言，足见日本遗害我同胞，良非浅鲜。所谓“匈奴不灭，何以为家”，现在可说“日本不灭，何以为家”。今后我尽力为国杀敌，一切自知谨慎，请放心。

前寄你之相片及信件，你收到没有？我俩自分别以来，从未接你回信，甚念！现年关在即，家用吃紧，而交通不便，有钱莫能寄，奈何！不过我遇到有地方

① 玉妹：唐仁玙的妻子唐春玉。

可以汇兑，马上寄归。在未寄你钱时，当然要忍苦勿燥〔躁〕，所谓“皇天不负苦心人”，苦尽甘来，天理循环，请要特别为我争气。

文武两儿，务必要细心带他、教他，使他聪敏、活泼、强健为要！父母大人务必要悦颜侍奉，使他老人家喜喜欢欢过日子。你自己要保重，不要生病。对于你的母亲，也要善为安慰，不使老人生忧生虑。但自己凡事宜谨慎，莫随便，因乡间人爱说别人闲言。到明年想金兰领到家用费，当按月寄归你用。我的身体如常，希勿远念，随时望来函告我家况为盼。

余容续叙，手此并询

近好！并叩

祖母大人、父母大人、令堂大人福安

兄仁玙手启

元月五日

这封家书是唐仁玙于 1938 年 1 月 5 日参加徐州会战时，写给妻子唐春玉的信。

1938 年 1 月，徐州会战开始，唐仁玙所在部队国民革命军陆军第 31 军参加了对日作战。这封家书就写于此次会战的转战途中。

信中揭露了日本侵略者的暴行和人民流离失所的惨状:“每到一地，见有由前方来之灾民，男女老幼，相携步行，形同赤地，惨状不堪名言，足见日本遗害我同胞，良非浅鲜。”同时，他在信中发出“所谓‘匈奴不灭，何以为家’，现在可说‘日本不灭，何以为家’”的誓言，毅然表示“今后我尽力为国杀敌”，展现了一名中国军人保家卫国、誓死杀敌的坚强意志。

唐仁玙还在信中嘱咐妻子“忍苦勿躁”，细心照顾、教育好两个孩子，好好孝敬父母，并叮嘱她“要保重，不要生病”，凡事“宜谨慎，莫随便”，表达了对妻子的体贴和对家人的牵挂。

13

沈尔七致母书（1938 年 5 月 17 日）

沈尔七

沈尔七（1914—1942），原名沈庆炬，福建晋江人。1930 年，前往菲律宾求学。1934 年，加入菲律宾共产党。1938 年初，组织爱国华侨成立菲律宾华侨归国抗日义勇队回国参加抗日。同年 2 月，编入新四军第 2 支队。这是参加新四军的第一支抗日华侨队伍。不久，任菲律宾华侨回国随军服务团团长，并转为中国共产党党员。1938 年和 1940 年，先后两次返回菲律宾，为新四军募集经费物资，动员华侨青年回国参战。1941 年 11 月再次回国后，参加党领导的广东人民抗日游击总队。1942 年 5 月，在与国民党顽军激战中壮烈牺牲，时年 28 岁。

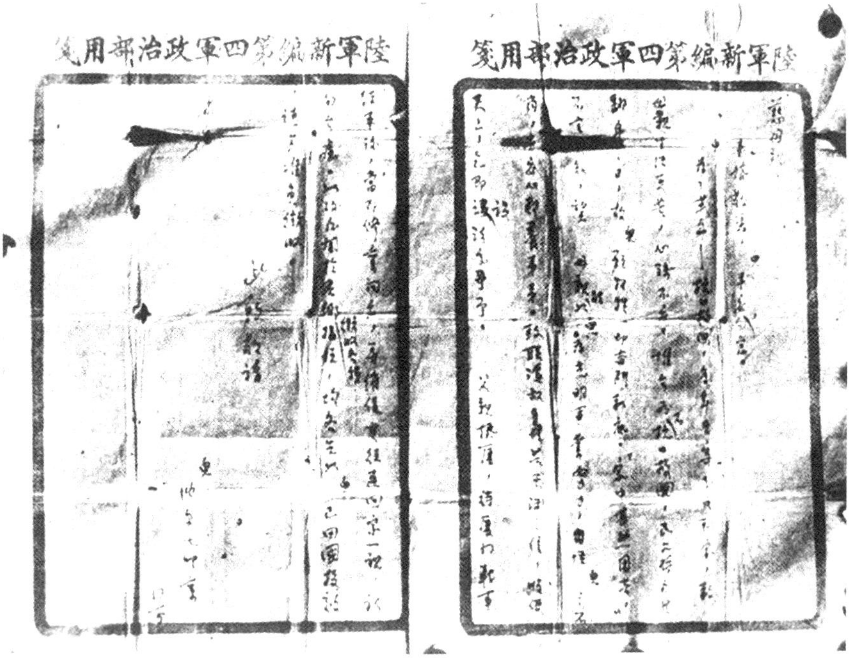

陆军新编第四军政治部用笺

陆军新编第四军政治部用笺

沈尔七致母书（1938 年 5 月 17 日）

慈母亲：

米信敬悉，儿平安，勿念。

儿为了革命——抗日救国，多年未寄分文到家，致母亲生活更苦，心殊不安。惟今如不抗日救国，民众将永无翻身之日，故儿愿牺牲一切奋斗到底。“家中甚然困苦”，不言□知，望母亲能以儿为光明事业努力，勿怪儿之不肖，安心教养弟弟。致联溪叔与天渊之信，顺便夹上，乞即设法交予。父亲抵厦，待厦门战事结束后，当即修禀问安，并催促其从速回家一视，祈勿介虑。以后凡关于吾乡征收各种捐税，均各告以儿已回国投效，请其准免征收。

此致敬请

康安

儿沈尔七叩禀

17/5

这封家书是沈尔七于1938年5月17日在皖南，写给母亲的信。

1938年3月，沈尔七率菲律宾华侨归国抗日义勇队，随新四军第2支队到达皖南军部。在抗日烽火中，他无暇顾及家中，甚至回到祖国，也没有返家省亲。晋江乡下的母亲十分挂念儿子，写信探询在抗日前线的沈尔七，并告知“家中甚然困苦”。这是他给母亲的复信。

沈尔七在信中首先告诉母亲平安，不要挂念，然后解释自己“为了革命——抗日救国，多年未寄分文到家，致母亲生活更苦，心殊不安”，向母亲表示深深歉意和愧疚。同时，沈尔七向母亲讲明民族大义“惟今如不抗日救国，民众将永无翻身之日”，并向母亲表明自己抗战到底的决心：“故儿愿牺牲一切奋斗到底。”信中还希望母亲体谅，儿子为了抗战事业努力，导致无法孝敬母亲，无暇解决家里的困难，“勿怪儿之不肖”。劝导母亲好好养育弟弟，还表示将致信父亲问安。沈尔七抗日救国，牺牲小家为大家，充分展现了他胸怀坚定理想信念，为祖国解放，为民众彻底翻身，甘愿牺牲，奋斗到底的崇高革命精神。

14

刘宗歆致妻妹书（1938年6月11日）

刘宗歆

刘宗歆（1912—1941），浙江上虞人。九一八事变后，两次赴南京请愿。1938年6月，参加中国红十字会救护总队，并曾经到新四军小河口军部后方医院工作。1941年3月9日，受命到浙江衢县组建临时防疫处，筹设隔离医院，投入扑灭因日军细菌战所致鼠疫的战斗。12月30日，因抢救病人感染鼠疫，以身殉职，时年29岁。

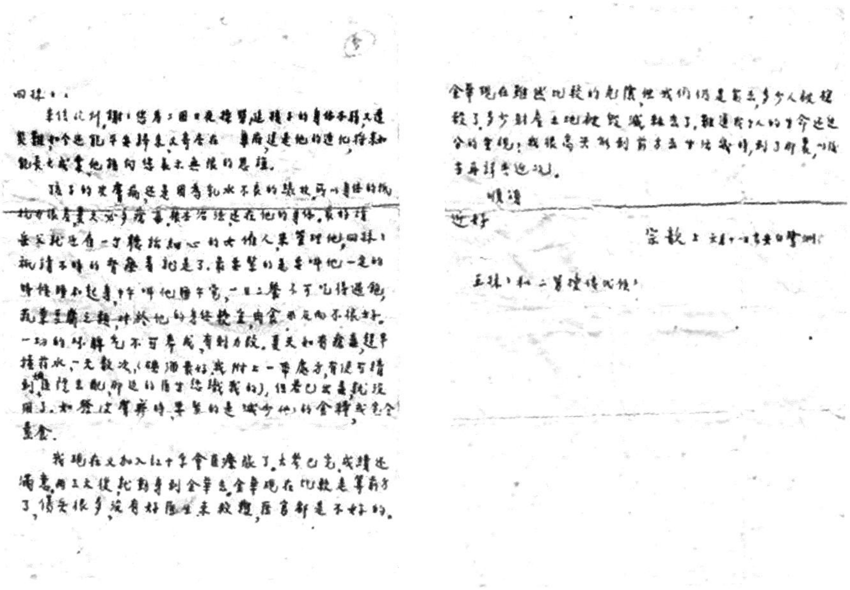

刘宗歆致妻妹书（1938 年 6 月 11 日）

四妹[①]：

来信收到，谢谢您为二囡日夜操劳！这孩子的身体本弱，又遭灾难，如今还能平安归来，又寄居在尊府，这是他的造化。将来如能长大成业，他该向您表示无限的恩谊。

孩子的皮肤病，还是因为乳水不良的缘故，所以身体的抵抗力很差，夏天必多疮毒，根本治法，还在他的身体，最好请岳父就近雇一个听话细心的女雇人，来管理他，四妹妹只请不时的督察着就是了。最要紧的是要叫他一定的时候睡和起身，中午叫他睡午觉，一

① 四妹：刘宗歆的妻妹陈丽。

日二餐不可吃得过饱，蔬菜豆腐之类，对于他的身体较宜，肉食□反而不很好。一切的坏脾气不可养成，有则力改。夏天如有疮毒，赶早揸〔搽〕药水，一天数次（碘酒最好，我附上一纸处方，有便可请到大同医院去配，那边的医生认识我的）。但若已出毒，就没用了。如发皮肤疹时，要紧的是减少他的食粮，或完全素食。

我现在又加入红十字会医疗队了，大考已完，成绩还满意。两三天后，就动身到金华去。金华现在比较是算前方了，伤兵很多，没有好医生来救护，医官都是不好的。金华现在虽然比较的危险，但我们仍是前去，多少人被枪杀了，多少财产土地被毁灭劫去了，难道我个人的生命还过分的重视！我很高兴能到前方去生活几时。到了那里，以后当再详告近况。

顺颂

近好

宗歆上六月十一日吉安白鹭洲

五妹妹和二舅嫂请代候

这封家书是刘宗歆于1938年6月11日在去浙江金华之前，写给妻妹陈丽的信。

抗日战争期间，侵华日军对浙江等地实施了令人发指的细菌战，成千上万军民因疫情而丧命。为挽救同胞的生命，刘宗歆和他的同学们义无反顾地参加了红十字会医疗队。这是刘宗歆在马上要赶赴金华抗日前线时写的家书。

在这封家书中，刘宗歆表达了对孩子的期望，希望他能战胜体弱、战胜病魔，躲过灾难，在岳父家人的关爱下茁壮成长，“长大成业”。“两三天后，就动身到金华去”一句，表明刘宗歆暂时搁置儿女情长，依然选择到战争前线的英雄气概。家书中“多少人被枪杀了，多少财产土地被毁灭劫去了，难道我个人的生命还过分的重视”一句话，慷慨激昂，充分展现了“天下兴亡、匹夫有责”的爱国情怀，显示出以身许国、精忠报国、争先投入保家卫国的伟大斗争的抗战英雄品质。

15

王有进致父书（1938 年 6 月 29 日）

王有进（？—1938），湖南慈利人。1934 年参加红军，全民族抗战期间在八路军 120 师 358 旅卫生处工作。1938 年因战伤病逝。

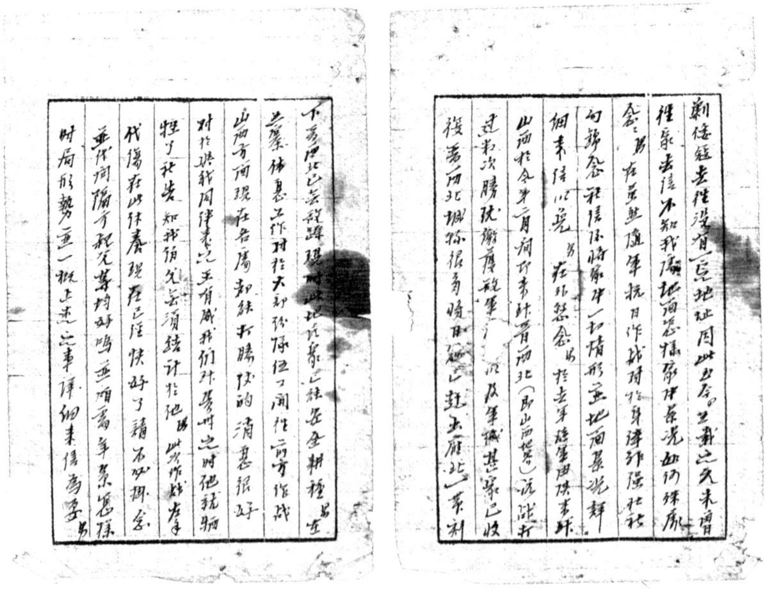

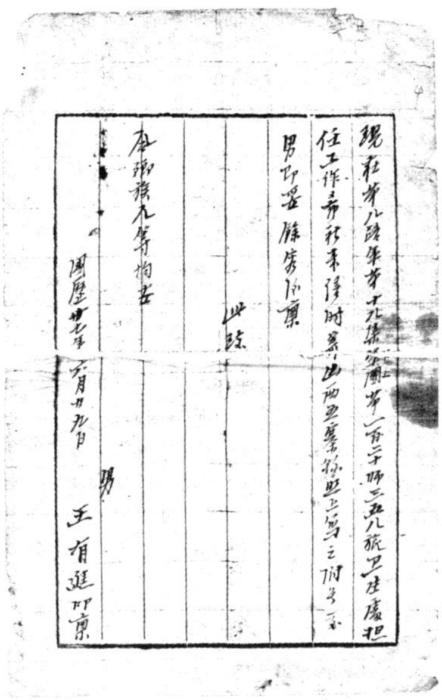

王有进致父书（1938 年 6 月 29 日）

剿倭寇去往没有一定的地址，因此，至今四五载之久未曾往家去信，不知我处地面怎样？家中景况如何？殊属念念。男在虽然随军抗日作战，对于身体非〈常〉强壮，祈勿锦念。祈信后将家中一切情形并地面景况详细来信，以免男在外悬念。男于去年随军由陕来到山西，于今年二月间即来到晋西北（即山西地界）抗战，打过数次胜仗，缴获敌军□□以及军械甚众，已收复晋西北城县很多，将日寇已赶出雁北一带，刻下晋西北已无敌踪，现时此地民众已能安全耕种。男在五寨休息工作，对于大部份队伍又开往前方作战，山西方面现在各处都能打胜仗的消息很好。对于与我同伴来之王有成，我们到贵州之时他就牺牲了，祈告知我伯父无须结计于他。男此次作战左手代〔带〕伤在此休养，现在已经快好了，请不必挂念，并代问隔方叔父等均好吗，并咱处年景怎样？时局形势，并一概上述之事详细来信为要。男现在第八路军第十八集团军第一百二十师三五八旅卫生处担任工作，希祈来信时寄山西五寨县照上写之附号交男即妥。余容后禀。

此致

合乡族人等均安

国历廿七年[1]六月廿九日

男王有进叩禀

这封家书是王有进于1938年6月29日在山西忻州五寨疗伤时，写给父亲王上仁的信。

王有进参加革命后，随部队转战湘、贵、陕、晋等地，没有固定的通讯地址，四五年的时间都没有往家里写信，对家乡和亲人的境况十分挂念。在对日作战养伤期间，写了这封家书。因年代久远，信件首页已经遗失。

在家书中，王有进满怀胜利的喜悦，向家人报告了八路军120师在晋西北地区屡战屡胜的骄人战绩："于今年二月间即来到晋西北（即山西地界）抗战，打过数次胜仗，缴获敌军

① 国历廿七年：1938年。

□□以及军械甚众，已收复晋西北城县很多，将日寇已赶出雁北一带，刻下晋西北已无敌踪，现时此地民众已能安全耕种。”“大部分队伍又开往前方作战，山西方面现在各处都能打胜仗。”这封信真实记录了八路军120师进军晋西北，广泛发动群众开展游击战争，钳制和歼灭日伪军大量兵力，建立和巩固晋西北抗日根据地的光荣岁月，展现了抗日军民抵抗侵略、夺取胜利的壮志豪情。

16

王孝慈致弟书（1938年10月25日）

王孝慈

王孝慈（1905—1992），原名向宗仁，陕西渭南人。1927年在西安中山军事学校学习时，加入中国共产党。1928年参加渭华起义。1930年至1937年在北方从事地下工作。1938年后，在山西太行山区参加抗日斗争。1945年4月，作为正式代表参加党的七大。新中国成立后，历任天津铁路局党委副书记、全国铁路工会副主席、甘肃省副省长、甘肃省政协副主席和全国政协常委。1992年8月，在北京逝世。

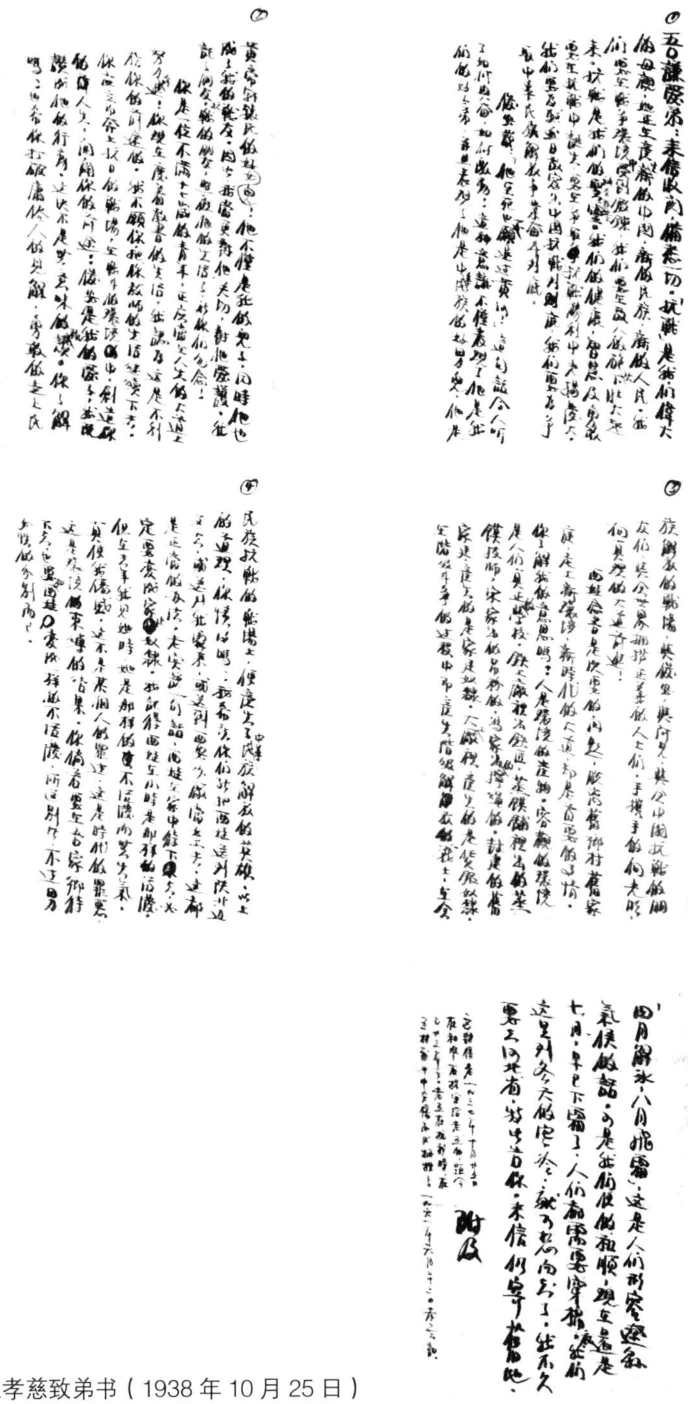

王孝慈致弟书（1938 年 10 月 25 日）

吾谦[1]爱弟：

来信收阅，备悉一切。“抗战”是我们伟大的母亲，她正在产生新的中国、新的民族、新的人民。我们要在战争环境中受到锻炼，我们要在敌人的炮火下壮大起来。抗战是我们的神圣职责。我们的健康、智慧及勇敢要在抗战中诞生，要在争取抗战胜利中光扬发大。我们要为驱逐日敌寇出中国抗战到底，我们要为争取中华民族解放事业奋斗到底。

俊安[2]说：“他至死也不愿退过黄河！”这句话令人听了如何兴奋、如何激动！这种意识，不仅表现了他是我们的好子弟，而且表现了他是中华民族的好男儿，他是黄帝轩辕氏的好儿女！他不仅是我的儿子，同时他也成了我的战友。因此，我当更对他关切、对他爱护，我托了朋友，抗战的朋友，照顾他的生活了，祈你们勿念！

你是一位不满十七岁的青年，正应当在人生的大道上努力前进！你现在度着教书的生活，我认为这是不利于你的前途的。我不愿你把你教师的生活继续下去，你应立即奔上抗日的战场，在战斗的环境中，创造你的人生，开辟你的前途！俊安是我的爱子，我既

---

① 吾谦：王孝慈的五弟向宗圣。
② 俊安：王孝慈的儿子。

赞成他的行动，这决不是无意味的称赞。你了解吗？也希你打破庸俗人的见解，勇敢的走上民族解放的战场，与俊安、与阿兄、与全中国抗战的朋友们、与全世界拥护正义的人士们，手携手的向光明、向真理的大道前进！

西娃[①]念书是次要的问题，脱离旧乡村、旧家庭，走上新环境、新时代的大道，却是首要的事情。你了解我的意思吗？人是环境的产物，客观的环境是人们真正的学校，铁工厂里出铁匠，蒸馍铺里出的蒸馍技师，宋家出的吊粉的，冯家出的拧绳的。封建的旧家庭产生的是家庭奴隶，大工厂里产生的是赁银奴隶。在阶级斗争的过程中即产生阶级解放的战士，在全民族抗战的战场上，便产生了中华民族解放的英雄。以上的道理，你懂得吗？我希望你们能把西娃送到陕北边区去，或送到我处来，或送到西安纱厂当女工去，这都是正当的办法。老实说一句话，西娃在家中待下去，必定要变成家庭奴隶。我记得西娃在小时是那样的活泼，但在去年我见她时，她是那样的不活泼而无生气，真使我伤感。这不是某个人的罪过，这是时代的罪恶，这是环境束缚的结果。你倘若要在吾家乡待下去，也要和西娃变成一样的不活泼，所区别者，不

① 西娃：王孝慈的女儿。

过男女性的分别而已。

“四月解冰，八月飞霜”，这是人们形容辽县气候的话。可是我们住的和顺，现在还是七月，早已下霜了，人们都需要穿棉衣，我们这里到冬天的寒冷就可想而知了。我不久要去河北省，特此告你，来信仍寄旧地。

附及

这封信是一九三七年[①]十月廿五日，在和顺石拐写给老五的，距今已廿三年了。老五在抗战时，在兰村战斗中负伤而后牺牲了。

一九六一年六月二十三日孝慈识

这封家书是王孝慈于 1938 年 10 月 25 日，写给五弟向宗圣的复信。

收信人向宗圣，是王孝慈的五弟，即信中的老五。原在家乡陕西渭南教书，在王孝慈的感召下，于 1938 年底离开家乡，奔赴山西抗战前线，参加了八路军。1942 年 5 月 23 日，在山西忻县兰村与日寇的激战中英勇牺牲。这封家书正文写于 1938 年 10 月，信的末端有一段附及的内容，是王孝慈 20 世纪 60 年代回家乡用钢笔字补记的。

① 一九三七年：应是推算错误，实为一九三八年。

王孝慈在家书中写道："'抗战'是我们伟大的母亲，她正在产生新的中国、新的民族、新的人民。""我们要为驱逐日敌寇出中国抗战到底，我们要为争取中华民族解放事业奋斗到底。"抗日战争以其前所未有的气势震撼着人们的心灵，使中华民族有史以来空前觉醒，为民族前途和命运而抗争的意识空前增强，彰显出气贯长虹的爱国主义精神。王孝慈以自己父子并肩抗战来激励五弟："勇敢的走上民族解放的战场，与俊安、与阿兄、与全中国抗战的朋友们、与全世界拥护正义的人士们，手携手的向光明、向真理的大道前进！"勉励他走上革命道路，成为"阶级解放的战士"、"中华民族解放的英雄"。他还希望女儿也能脱离旧乡村、旧家庭，走上"新时代的大道"。在抗日战场上，有许多像王孝慈这样的父子、兄弟，还有夫妻、姐妹携手踏上革命征程，走向抗日前线，直面艰险、无惧死亡，因为大家有绝对的信仰，知道牺牲自己，是换取中华民族的独立自由，并且确有把握一定达到。

17

袁国平致侄书（1938 年 12 月）

袁国平

袁国平（1906—1941），原名袁裕，字醉涵，湖南邵东人。1925 年，加入中国共产党。1926 年，黄埔陆军军官学校第 4 期毕业后参加北伐战争。1927 年，参加南昌起义和广州起义。起义失败后赴上海，后进入中央苏区，参加了中央苏区历次反“围剿”作战和长征。全民族抗战爆发后，任中共中央东南分局（后改为东南局）委员、新四军政治部主任，参与领导新四军向皖中、皖东、苏南、苏中敌后进军，开展抗日游击战争，协助叶挺、项英进行建军和统战工作。1941 年 1 月 15 日，在皖南事变中牺牲，时年 35 岁。

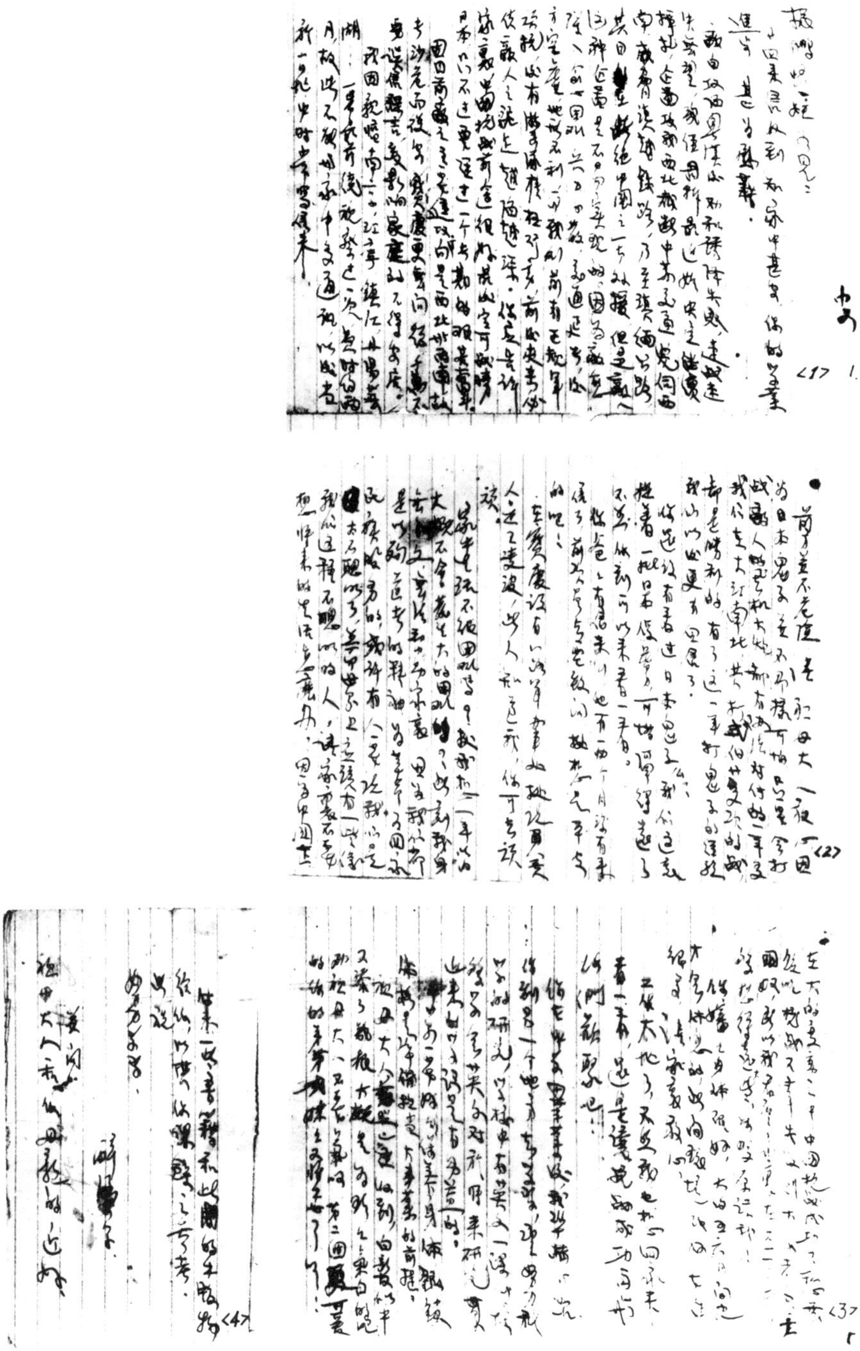

袁国平致侄书（1938 年 12 月）

振鹏[1]贤侄如见：

廿四来信收到，知家中甚安，你的学业进步，甚为慰藉。

敌自攻陷粤汉后，劝和诱降失败，速战速决无望，几经周折，最近始决定继续挣扎，企图攻我西北，截断中苏交通，窥伺西南，威胁滇越铁路，乃至滇缅公路，其目□在断绝中国之一切外援。但是敌人这种企图是不易实现的，因为敌愈深入愈困难，兵力分散，交通延长，后方空虚，地形不利，而我则前有正规军顽抗，后有游击队积极行动，前后夹击，必使敌人之泥足越陷越深。你应告诉家里，中国抗战前途很好，最后定可战胜日本，只不过要经过一个长期的艰苦奋斗。

因目前敌之主要进攻方向是西北与西南，故长沙危而复安，宝庆更无问题。千万不要误信谣言，致影响家庭的不得安居。

我因亲临南京、江宁、镇江、丹阳、芜湖……一带最前线视察过一次，费时约两月，故此不能与家中多通讯，以后当于百忙中时常写信来。

前方并不危险，请祖母大人放心，因为日本鬼子并不那样可怕，只要会打战，敌人的飞机大炮都有办法对付的。一年多，我们在大江南北共打了贰佰廿多

① 振鹏：袁国平的侄子袁振鹏。

次的战，都是胜利的，有了这一年打鬼子的经验，我们以后更有自信了。

你还没有看过日本鬼子么？我们这里捉着一批日本俘虏，可惜隔得远了，不然，你到〔倒〕可以来看一看。

你爸爸有信来吗？他有两个月没有来信了，前次曾去电致问，据想是平安的吧！

在宝庆设有八路军办事处，据说负责人是王凌波①，此人知道我，你可去顽顽。

家中生活不很困难吗？据我想，一年以内大概不会发生大的困难的？此刻我身无分文，无法帮助家里，因为我们都是以殉道者的精神为革命、为国家民族服务的。或许有人要说我们是太不聪明了，然而世界上应该有一些像我们这种不聪明的人。请家里不要想将来的生活怎么办，因为中国正在大的变动之中，中国抗战成功，不愁无饭吃；抗战不幸失败，则大家都当亡国奴。所以我希望家里在这方面能够想得远大些，能够原谅我！

你婶婶②身体很好，大约五六月间她才会休息的。此间环境很好，女伴很多，请家里放心。

---

① 王凌波：时任八路军驻湘通讯处主任兼新四军驻湘办事处主任。

② 婶婶：袁国平的妻子邱一涵。

工作太忙了，不然我也想回家来看一看，还是让抗战成功再与你们欢聚吧！

你在中学毕业后，我准备介绍你到另一个地方去学习，望努力科学的研究，学校中有英文一课么？能够学会英文，对于将来研究世界近来的学识是有助益的。

千万要好好保养身体，锻炼体格是准备担当大事业的前提。

祖母大人慈照[①]已经收到，白发似乎又添了几根，大概是为珍珍[②]气白的吧？劝祖母大人不要气呵！第二个更可爱的你的弟弟或妹妹又将出世了呵！

付来一些书籍和此间的出版物[③]给你，以供你课余之参考。

此祝

努力学习

醉涵字

并问

祖母大人和你母亲的近好

---

① 慈照：袁国平母亲六十大寿时的相片。

② 珍珍：袁国平的女儿，留在家乡邵东范家山抚养，后因病夭亡。

③ 此间的出版物：新四军政治部出版的书籍、刊物及袁国平的著作和文章。

这封家书是袁国平于1938年12月，写给侄儿袁振鹏的回信。

袁国平在这封家书中，着重表达了抗战到底的决心。当时，“亡国论”盛行，他在信中分析了抗战形势，得出了“中国抗战前途很好，最后定可战胜日本，只不过要经过一个长期的艰苦奋斗”的结论，展现了共产党人的坚定意志和革命乐观主义精神。“此刻我身无分文，无法帮助家里，因为我们都是以殉道者的精神为革命、为国家民族服务的”，充满了革命者的无私奉献精神。

袁国平十分关心侄儿的学习、成长。在信中，他让侄儿去设在宝庆的八路军办事处多接触一些八路军战士，了解他们的革命思想和抗战决心。他随信给侄儿寄了一些书籍和出版物，希望他课余时间多看看，接受一些革命思想的熏陶。此外，袁国平也没忘记把妻子又将临盆的消息告知家人，再为人父的喜悦心情，给这封家书增添了暖暖亲情。不幸的是，袁国平信中“还是让抗战成功再与你们欢聚”的愿望最终没能实现。

18

王雨亭致子书（1939 年 6 月 4 日）

王雨亭

王雨亭（1892—1967），福建泉州人。1933 年春，前往菲律宾，随后创办中华影片公司，放映进步电影，宣传抗日救亡。全民族抗战爆发后，担负菲律宾华侨抗敌后援会宣传工作，参与介绍两百多名爱国华侨青年回国参加八路军、新四军，并筹募款项和药品支援抗战。1938 年，加入中国共产党。1946 年，在香港加入中国民主同盟。新中国成立后，历任国家侨委委员，全国侨联秘书长。1967 年，在北京病逝。

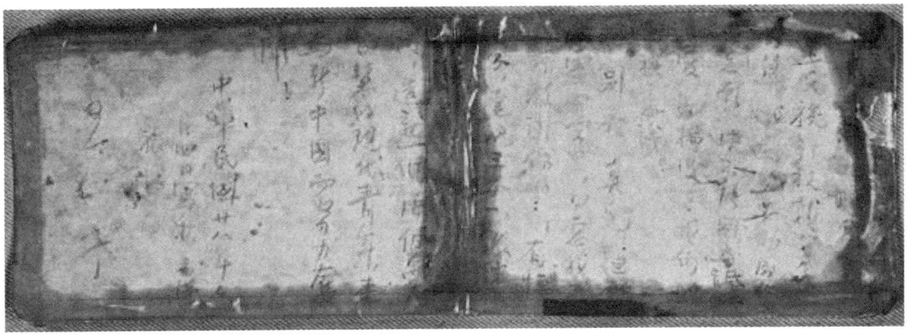

王雨亭致子书（1939 年 6 月 4 日）

真儿[①]：

这是个大时代，你要踏上民族解放战争的最前线，我当然要助成你的志愿，决不能因为舐犊之爱而掩没了我们的民族意识。

别矣，真儿！但愿你虚心学习，勿忘我平时所教训你的“有恒七分，达观三分”，锻炼你的体魄，充实你的学问，造就一个强健而又智慧的现代青年，来为新中国而努力奋斗！

中华民国廿八年[②]六月四口写于香港　王雨亭

这封家书是王雨亭于 1939 年 6 月 4 日在香港，写给儿子王唯真的临别赠言。

---

① 真儿：王雨亭的儿子王唯真。

② 中华民国廿八年：1939 年。

受王雨亭影响，儿子王唯真一再恳求父亲允许他回国学习，参加抗战。1938 年 10 月，王雨亭陪同年仅 15 岁的儿子从菲律宾踏上归国征程。因广州沦陷，直到 1939 年 6 月，王唯真才从香港重新启程踏上去延安的路途。父子分手时，王雨亭在儿子的笔记本上写下了这封信。

短短几句话，舐犊情深，一位父亲对儿子的殷切期望，对祖国和中华民族的热爱跃然纸上。“你要踏上民族解放战争的最前线，我当然要助成你的志愿，决不能因为舐犊之爱而掩没了我们的民族意识”，反映了王雨亭深厚的爱国情怀，深明大义地鼓励和支持亲朋好友积极投身抗日洪流。“造就一个强健而又智慧的现代青年，来为新中国而努力奋斗”，表明了王雨亭对儿子的嘱咐和重托，对新中国的未来充满信心与期望，更展现了主张在自力更生基础上光复旧物的决心和信念。

19

彭林初致母书（1939 年 6 月 15 日）

彭林初（？—？），湖南慈利人。1934 年参加红军，在抗日战争中牺牲。

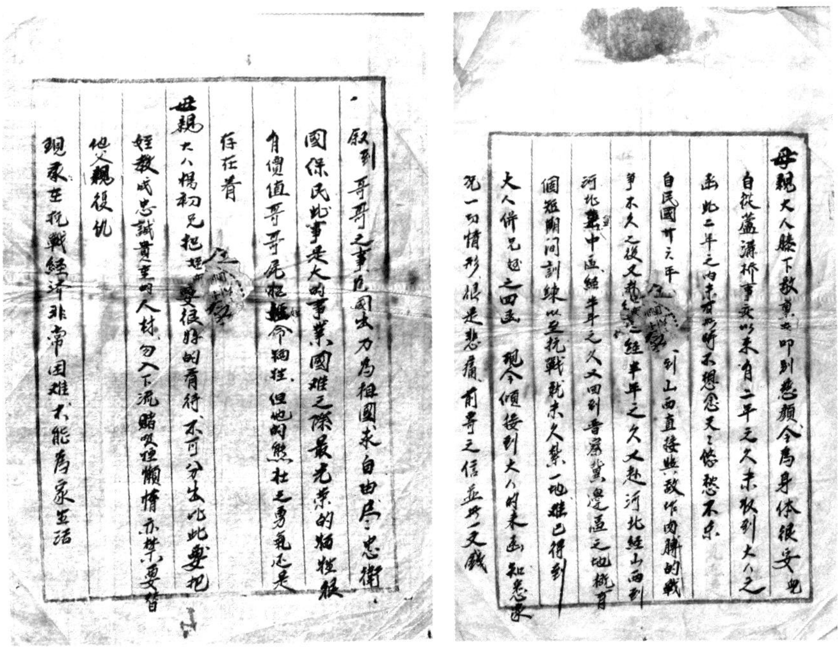
母親大人膝下敬稟者叩别慈颜今為身体很安也
自從蘆溝桥事变以来有二年之久未收到大人之
函此二年之内未有一時不想念天天悠愁不乐
自民國廿六年 到山西直接與敌作肉搏的戰
爭不久之後又[illegible]經半年之久又赴河北經山西到
河北冀中區經半年之久又回到晉察冀邊區之地[illegible]
個短期間訓練以至抗戰就未久[illegible]一地雖已得到
大人併兄姐之回函 現今僅接到大人的来函 知悉家
兄一切情形很是悲痛 前哥之信並[illegible]一文錢
敘到 哥哥之事[illegible]国出力為祖國求自由為忠衛
國保民此事是大的事業，國難之際最光榮的犧牲般
有價值 哥哥死[illegible]命犧牲，但他的[illegible]之勇氣還是
存在着
母親大人[illegible]初兄把[illegible]要很好的看待不可分[illegible]此此要把
姪教成忠誠貴重的人材，勿入下流賭吸煙懶惰亦禁止要督
他父親復仇
現家在抗戰經濟非常困難不能為家生活

彭林初致母书（1939 年 6 月 15 日）

母亲大人膝下敬禀者，叩别慈颜，今为身体很安。儿自从芦沟桥事变以来，有二年之久未收到大人之函。此二年之内，未有□时不想念，天天悠〔忧〕愁不乐。

自民国廿六年□□□到山西直接与敌作肉膊〔搏〕的战争，不久之后又赴□□经半年之久，又赴河北经山西到河北冀中区，经半年之久又回到晋察冀边区之地概有个短期间训练以至抗战，就未久扎一地，难已〔以〕得到大人并兄侄之回函。现今倾接到大人的来函，知悉家况一切情形，很是悲痛，前寄之信并无一文钱。叙到哥哥之事，为国出力，为祖国求自由，尽忠卫国保民，此事是大的事业。国难之际，最光荣的牺牲很有价值。哥哥尸〔身〕体姓〔性〕命牺牲，但他的熊〔雄〕壮之勇气还是存在着。

母亲大人、杨初兄把侄儿要很好的看待，不可分出比〔彼〕此，要把侄教成忠诚贵重的人材，勿入下流，赌吸烟懒惰亦禁，要替他父亲复仇。

现我在抗战，经济非常困难，不能为家生活。

这封家书是彭林初于 1939 年 6 月 15 日在山西临县参加整训时，写给母亲的信。

全民族抗战爆发后，彭林初随部队在河北、山西之间辗转作战，有两年没有得到家中消息。在这两年中，彭林初无时无刻不想念自己的母亲。在外作战的儿子，更是让白发苍苍的老母牵肠挂肚。在山西临县参加部队整训时，彭林初终于收到了久违的家信，得知哥哥已经阵亡的噩耗。这封家书是彭林初写给母亲的回信。

哥哥英勇牺牲，弟弟依然奋战在抗战前线。彭林初在回信时强忍悲痛宽慰母亲："叙到哥哥之事，为国出力，为祖国求自由，尽忠卫国保民，此事是大的事业。国难之际，最光荣的牺牲很有价值。哥哥身体性命牺牲，但他的雄壮之勇气还是存在着。"八路军战士就是这样满怀国恨家仇，视死如归、前赴后继地投入到民族解放的神圣事业中。彭林初最后嘱托家人："要把侄教成忠诚贵重的人材，勿入下流，赌吸烟懒惰亦禁，要替他父亲复仇。"在抗战英烈精神的感召下，革命薪火生生不息，抗战精神代代相传。

20

符克致父兄书（1940 年 2 月 11 日）

符克

符克（1915—1940），海南文昌人。1938 年初，进入延安陕北公学学习，并加入中国共产党。1938 年秋，被派到越南，发动华侨支援祖国抗战。1939 年，组织并带领越南琼崖华侨回乡服务团返琼抗日，任琼崖华侨回乡服务团团长。1940 年 8 月，国共摩擦不断升级，符克不顾个人安危，亲赴国民党琼崖守备司令部商谈团结抗战，惨遭国民党顽固派杀害，时年 25 岁。

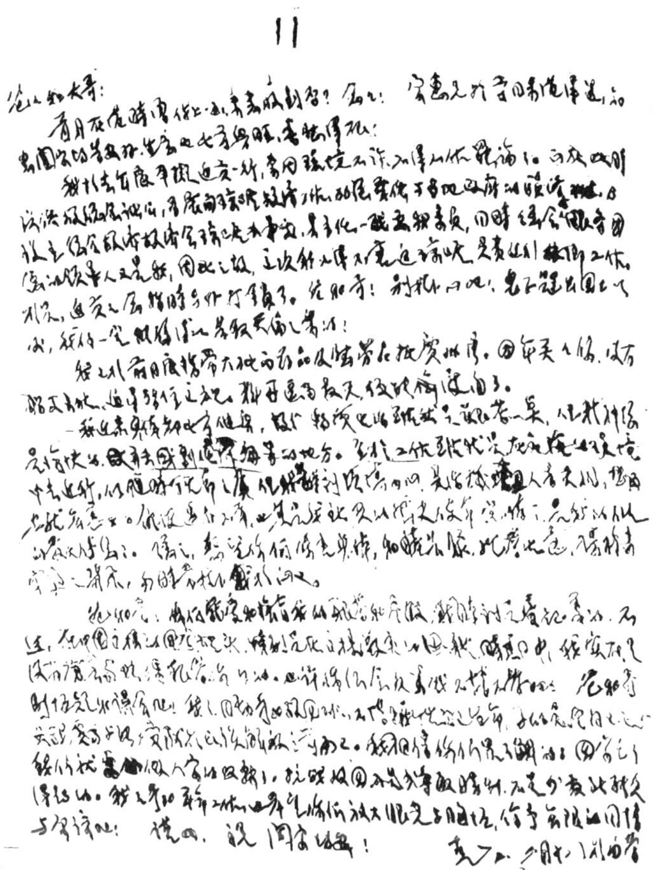

符克致父兄书（1940 年 2 月 11 日）

爸爸和大哥：

前月在港时，曾付上一函，来书收到否？念念！家惠兄于前日来港得遇，知□阖家均告安好，生意也比前兴旺，喜慰得很！

我于去年底本拟返贡一行，当因环境不许，不得不作罢论了。正在此时，琼侨救总会诸公，为展开琼崖救济工作，加强华侨与当地政府的联络，乃设立总会救济［救济］会琼崖办事处，其主任一职要我来负，同时总会各服务团总的领导人又是我，因此之故，这次□不得不重返琼崖，负责□行□□工作。于是，返贡之念暂时只好打销了。爸和哥！别挂心吧！鬼子赶出国土以后，我们一定能够得以共叙天伦之乐的！

我已于前月底携带大批西药品及慰劳品抵广州湾，因年关关系，没有船只来往，迫得暂住这里。料再逗留数天，便能渡海了。

我近来身体都比前健康，故□物质生活虽然是艰苦一点，但精神总是愉快的，并未感到任何痛苦的地方。至于工作，虽然是在危险的环境中去进行，似随时有生命之虞，但我能时刻谨慎小心，灵活机□且人吉天相，想必安然无恙也。假使遇有不幸，也算是我所负的历史使命完结了，是我的人生的最大休息了。总之，怨〔愿〕望你们保重身体，和睦共聚，经营生意，谋将来家庭之发展，勿时常挂我于心也。

爸和哥：你们宠爱和抚育我的艰苦和尽致，我时刻是牢记着的。不过，在中国这样的国家里头，特别是在这样严重的国难时期中，我实在是没有机会与能力来报答你们的。也许你们会反骂我不情不孝吧。爸和哥别怀疑和误会吧！我之自动参加救国工作，不惜牺牲自己生命，为的是尽自己之天职。尽其能力贡献于民族解放之前而已。我相信你们是了解的。国家亡了，我们就要做人家的奴隶了，抗战救国争取胜利，不是少数所能负得起的。我之参加革命工作，也希望你们放大眼光与胸怀，给予无限的同情与原谅吧！

谨此，祝阖家均安！

克上

二月十一日于西营

这封家书是符克于1940年2月11日在海南，写给在越南谋生的父亲及兄长的信。

符克在这封家书中写道："国家亡了，我们就要做人家的奴隶了，抗战救国争取胜利，不是少数所能负得起的。"表现了誓死不当亡国奴的民族自尊。他说："我之自动参加救国工作，不惜牺牲自己生命，为的是尽自己之天职。尽其能力贡献于民族解放之前而已。"把"天下兴亡、匹夫有责"的爱国情怀，表达得淋漓尽致。在战火纷飞的年代，符克以革命乐观主义精神，直面死亡的威胁："灵活机□且人吉天相，想必安然无恙也。假使遇有不幸，也算是我所负的历史使命完结了，是我的人生的最大休息了。"符克没有忘记家庭的养育之恩，他恳请父亲和哥哥理解，表达了强烈的家国情怀和救亡图存的爱国之心。

符克用短暂而壮烈的一生，铸就了人生的璀璨，塑造出一个为国为民英勇捐躯的光辉形象。中共琼崖特委书记冯白驹将军1951年为符克题词：“生为民死为民，生伟大死光荣。”

21

潘涛致妻书（1940 年 2 月）

潘涛

潘涛（1912—1940），湖北阳新人。1927 年 1 月，赴武昌中央农民运动讲习所学习。1928 年，返乡参加土地革命，向广大人民群众传播革命思想。1930 年 7 月，加入中国共产党，并参加红军。全民族抗战爆发后，参加新四军。1940 年初，率队在湖北嘉鱼开展游击战争，在与日寇的遭遇战中牺牲，时年 28 岁。

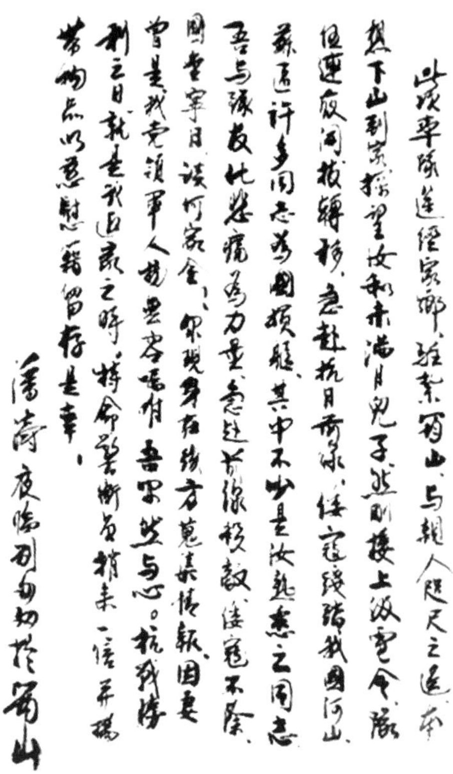

潘涛致妻书（1940 年 2 月）

吾妻春英[①]：

此次率队途经家乡，驻扎筠山，与亲人咫尺之遥，本想下山到家探望汝和未满月儿子，然刚接上级电令，队伍连夜开拔转移，急赴抗日前线。倭寇践踏我国河山，苏区许多同志为国损〔捐〕躯，其中不少是汝熟悉之同志，吾与队友化悲痛为力量，急赴前线杀敌。倭寇不除，国无宁日，谈何家全？尔现身在后方搜集

① 春英：潘涛的妻子贾春英。

情报，因妻曾是我党领军人物，无容嘱咐，吾安然与心。抗战胜利之日，就是我返家之时。特命警卫员捎来一信并携带物品，以慈〔兹〕慰藉，留存是幸。

潘涛

夜临别匆匆于筠山

这封家书是潘涛于 1940 年 2 月随部队从筠山转移之前，写给妻子贾春英的信。

潘涛的这封家书字迹工整，苍劲有力。面对日寇的野蛮侵略，他在信中告诉爱妻："倭寇践踏我国河山，苏区许多同志为国捐躯，其中不少是汝熟悉之同志，吾与队友化悲痛为力量，急赴前线杀敌。倭寇不除，国无宁日，谈何家全？"行文中依稀可见当年战争硝烟中的峥嵘岁月，表达了共产党人信念如炬、前赴后继、义无反顾的抗战决心，奏响了气壮山河的英雄凯歌。

潘涛心中虽挂念妻子和未曾谋面的儿子，但为了抗战，他舍家为国，与亲人咫尺之遥不能相见。"抗战胜利之日，就是我返家之时。"潘涛以自己的实际行动，诠释了先国后家、誓与日本侵略者血战到底的爱国情怀。

22

张自忠致战友书（1940 年 5 月 1 日）

张自忠

张自忠（1891—1940），字荩忱，山东临清人。1911 年，秘密加入同盟会。1914 年，投笔从戎。1933 年，参加长城抗战，任国民革命军陆军第 29 军前线总指挥，重创日军。全民族抗战爆发后，先后任国民革命军陆军第 59 军军长、第 33 集团军总司令兼第五战区右翼兵团司令等职。1938 年 3 月，率部在临沂取得击溃日军精锐板垣师团的胜利。1940 年 5 月枣宜会战中，率部渡襄河与日军奋战九昼夜，身负重伤。1940 年 5 月 16 日，壮烈殉国，时年 49 岁。

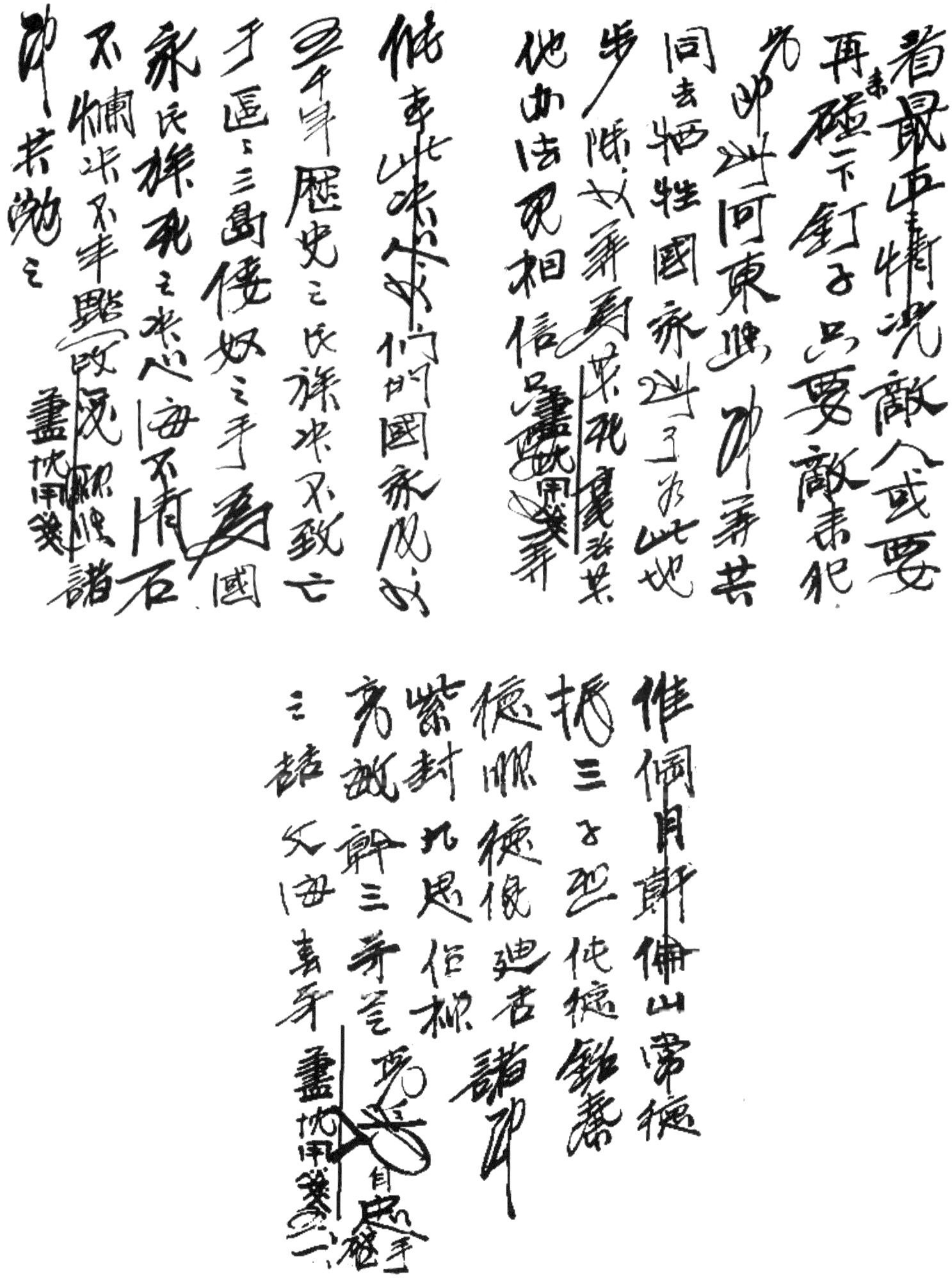
看最近情况敌人或要再来碰一下钉子只要敌来犯兄即到河东与弟等共同去牺牲国家到了如此地步除我等为其死毫无其他办法更相信只要我等能本此决心我们国家及我五千年历史之民族决不致亡于区区三岛倭奴之手为国家民族死之决心海不清石不烂决不半点改变愿与诸弟共勉之

张自忠致战友书（1940 年 5 月 1 日）

看最近之情况，敌人或要再来碰一下钉子。只要敌来犯，兄即到河东与弟等共同去牺牲。国家到了如此地步，除我等为其死，毫无其他办法。更相信，只要我等能本此决心，我们的国家及我五千年历史之民族，决不致亡于区区三岛倭奴之手。为国家民族死之决心，海不清，石不烂，决不半点改变，愿与诸弟共勉之。

维纲、月轩、伦山、常德、振三、子烈、纯德、铭秦、德顺、德俊、迪吉、紫封、九思、绍桢、克敏、幹三、芳芝、之喆、文海、春芳诸弟。

小兄张自忠手启

五、一

这是一封特殊的家书，是张自忠于1940年5月1日在阵前，写给部下兄弟们的信。

在抗日战争中，张自忠每逢出征前都会留下一封信，如果生还就把信撕掉，如果战死就作为遗书。1940年5月，枣宜会战爆发，张自忠亲率两千多名战士渡过襄河阻击日军。这封信就是他此次出征时留下的两封信之一。

张自忠亲笔昭告部下将士："只要敌来犯，兄即到河东与弟等共同去牺牲。""为国家民族死之决心，海不清，石不烂，决不半点改变，愿与诸弟共勉之。”短短几句话，字字千钧，表达了他“捐躯赴国难，视死忽如归”的民族气节。“更相信，只要我等能本此决心，我们的国家及我五千年历史之民族，决不致亡于区区三岛倭奴之手。”正是这种强烈的民族自尊心和自信心，凝聚起了全体中华儿女抵御外侮、救亡图存的共同意志，谱写了感天动地、气壮山河的壮丽史诗。

张自忠壮烈殉国后，全国各地纷纷举行悼念活动，延安各界也隆重举行追悼大会，毛泽东、朱德、周恩来分别题写了“尽忠报国”、“取义成仁”、“为国捐躯”的挽词。朱德、彭德怀联名题词“一战捷临沂，再战捷随枣，伟哉将军精神不死”。周恩来称赞他：“其忠义之志，壮烈之气，直可以为中国抗战军人之魂。”

23

程雄致父母书（1940 年 5 月）

程雄

程雄（1919—1943），又名程世杰，安徽岳西人。1938 年，加入中国共产党。1939 年，到新四军江北游击纵队。1940 年，在该队举办的青年大队学习，后任新四军 2 师 5 旅 13 团 2 营 3 连连长等职。1943 年 8 月 17 日，在江苏六合与日军作战中壮烈牺牲，时年 24 岁。

亲爱的双亲大人膝下：

儿这次为了民族，为了阶级，为了可爱的家乡，为了骨肉相连的弟妹，求得生存和幸福，儿不得不来信辞别双亲大人，如果不能活着的话，双亲大人应保重玉体，抚育好弟妹。生活难度的话，可卖掉土地、房屋，把生命糊过来，到十年八年我们就好了，有饭吃，有衣穿，有房子住。现在儿就要离开大别山，走上最前线，消灭敌人，保卫中华。望双亲不要悲伤挂念。儿为伟大而生，光荣而死，是我做儿子最后的心意，罪甚！罪甚！

这封家书是程雄于1940年5月奔赴抗日前线临行之前，写给父母的辞别信。

“为了民族，为了阶级，为了可爱的家乡，为了骨肉相连的弟妹，求得生存和幸福……走上最前线，消灭敌人，保卫中华。”21岁的程雄，满怀对国家、对民族的热爱与忠诚，满怀对家乡和亲人的眷恋，义无反顾地走向了抗日最前线。走上前线就意味着随时可能流血牺牲，程雄在信中写道：“如果不能活着的话，双亲大人应保重玉体，抚育好弟妹。”“儿为伟大而生，光荣而死，是我做儿子最后的心意。”自古忠孝难两全，程雄与成千上万走向抗战前线的共产党人一样，抱着不能在父母膝下尽孝的遗憾，时刻准备着血染沙场、为国捐躯。

可以告慰程雄的是，经过无数革命英烈百折不挠、前赴后继地奋斗，在他牺牲六年后，他“到十年八年我们就好了，有饭吃，有衣穿，有房子住”的心愿终于实现了。

24

史钦琛致母书（1940 年 6 月）

史钦琛

史钦琛（1913—1940），原名史序书，河北成安人。1935 年，加入中国共产党。1936 年 1 月，因领导学生运动被国民党当局逮捕入狱，后经党组织营救出狱。全民族抗战爆发后，积极投身抗日战争。1940 年，任八路军 129 师新 8 旅 22 团政委。1940 年 6 月 25 日，率部参加鲁西北抗日根据地反“扫荡”斗争时，在莘县英勇牺牲，时年 27 岁。

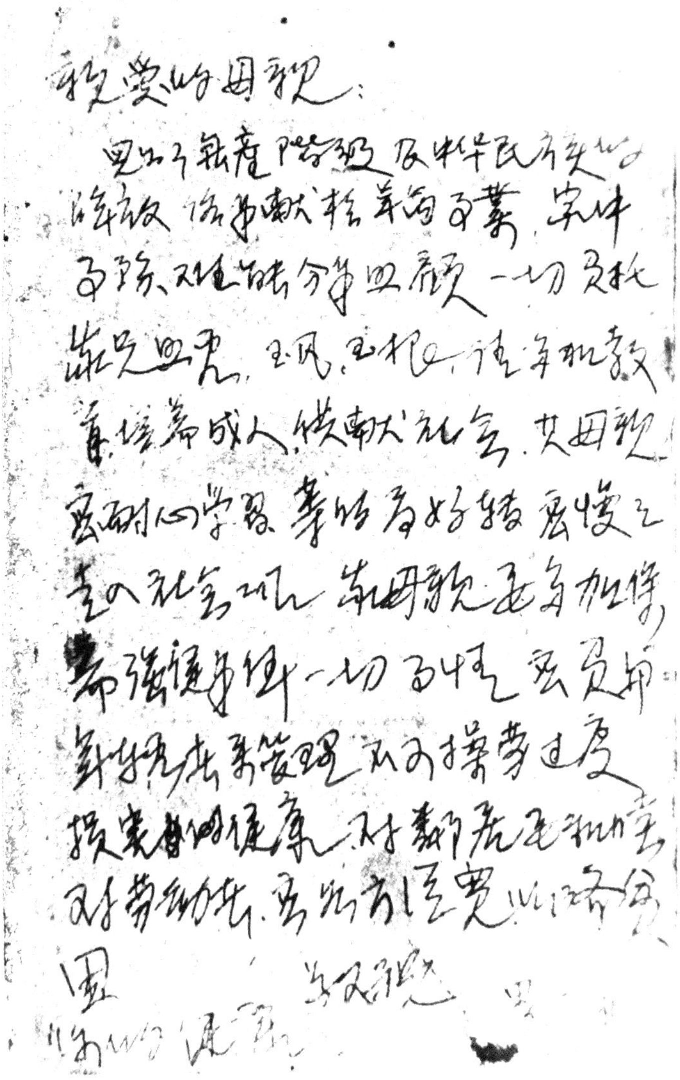

史钦琛致母书（1940 年 6 月）

亲爱的母亲：

儿为了无产阶级及中华民族的解放，终身献于革命事业。家中事务难能分身照顾，一切负托家兄照看。

玉凤、玉根[1]，请多加教育，培养成人，供〔贡〕献社会。其母亲应耐心学习，等时局好转应慢慢走入社会工作。家母亲要多加保养，强健身体，一切事情应负〔付〕与年轻者来管理，不可操劳过度，损害健康。对邻居要和睦，对劳动者应各方从宽，以济贫困。

敬祝

你的健康

男序书

这封家书是史钦琛于1940年6月在鲁西北莘县牺牲之前，写给母亲的信。

史钦琛在家书开头写道："儿为了无产阶级及中华民族的解放，终身献于革命事业。"表达了一位共产党员在民族危亡的紧要关头，对国家、民族、革命事业的无限忠诚。他在信中劝导母亲："对邻居要和睦，对劳动者应各方从宽，以济贫困。"寥寥数语，充分体现了一个革命者对人民大众的深厚感情，反映了共产党人全心全意为人民服务、一刻也不脱离群众、一切从人民利益出发的价值追求。

史钦琛深知即将到来的战斗异常残酷，在信中对家事作了安排，委托兄长照顾家中事务，希望将一双儿女培育成人、

① 玉凤、玉根：史钦琛的女儿史玉凤、儿子史光东。

贡献社会；劝告妻子耐心学习，将来能够为社会工作；嘱咐母亲保养身体，等等。字里行间，流露出对家庭的无比深爱和对亲人的恋恋不舍。但为了民族大义，他已经做好了随时牺牲的准备。

25

金方昌致兄书（1940 年 12 月 2 日）

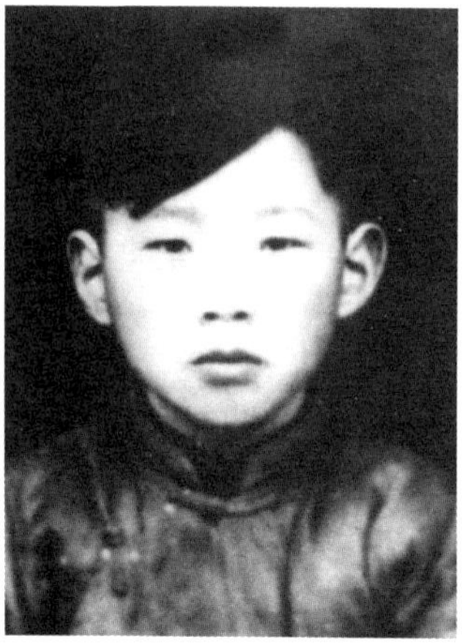

金方昌

金方昌（1921—1940），山东聊城人。1935 年 12 月，参加一二九爱国运动。1938 年 2 月，加入中国共产党。1938 年 8 月，被派到代县开展抗日工作，是代县抗日根据地的创始人之一。1940 年 11 月 23 日，被日军逮捕。1940 年 12 月 3 日，英勇就义，时年 19 岁。

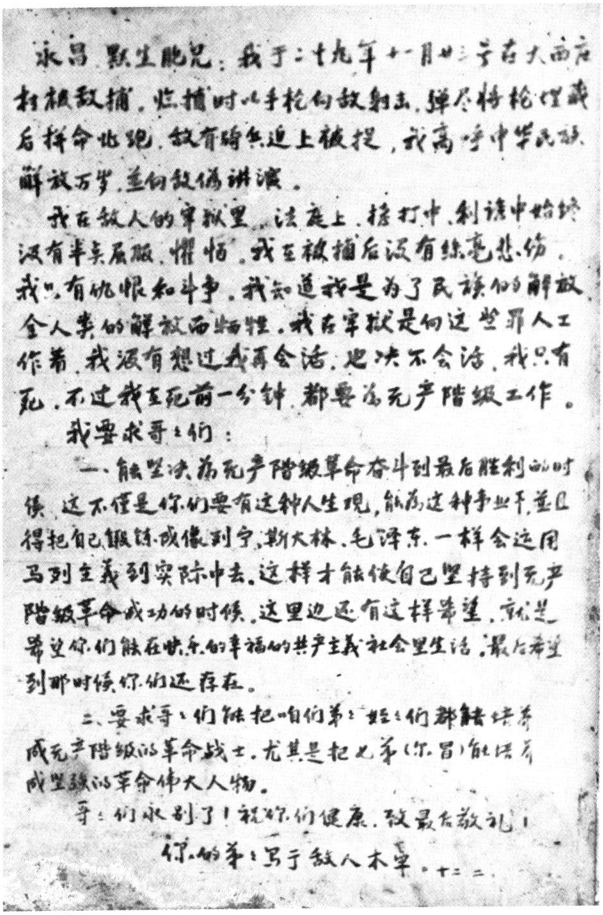
永昌 默生胞兄：我于二十九年十一月廿三号在大西庄村被敌捕。临捕时以手枪向敌射击，弹尽将枪埋藏后拼命北跑，敌有骑兵追上被捉，我高呼中华民族解放万岁，并向敌伪讲演。

我在敌人的牢狱里、法庭上、拷打中、利诱中始终没有半点屈服、惧怕。我在被捕后没有丝毫悲伤。我只有仇恨和斗争。我知道我是为了民族的解放，全人类的解放而牺牲。我在牢狱是向这些罪人工作着。我没有想过我再会活，也决不会活，我只有死。不过我在死前一分钟，都要为无产阶级工作。

我要求哥哥们：

一、能坚决为无产阶级革命奋斗到最后胜利的时候。这不仅是你们要有这种人生观，能为这种事业干，并且得把自己锻炼成像列宁、斯大林、毛泽东一样会运用马列主义到实际中去。这样才能使自己坚持到无产阶级革命成功的时候。这里边还有这样希望，就是希望你们能在快乐的幸福的共产主义社会里生活，最后希望到那时候你们还存在。

二、要求哥哥们能把咱们弟弟妹妹们都能培养成无产阶级的革命战士。尤其是把九弟（尔冒）能培养成坚强的革命伟大人物。

哥哥们永别了！祝你们健康，致最后敬礼！

你们的弟弟写于敌人木牢。十二、二。

金方昌致兄书（1940 年 12 月 2 日）

永昌、默生[①]胞兄：

我于二十九年十一月廿三号，在大西庄村被敌捕。临捕时以手枪向敌射击，弹尽将枪埋藏后拼命北跑，敌有骑兵追上被捉。我高呼中华民族解放万岁，并向

① 永昌、默生：金方昌的哥哥金永昌、金默生。

敌伪讲演。

我在敌人的牢狱里、法庭上、拷打中、利诱中，始终没有半点屈服、惧怕。我在被捕后，没有丝毫悲伤，我只有仇恨和斗争。我知道我是为了民族的解放、全人类的解放而牺牲。我在牢狱是向这些罪人工作着，我没有想过我再会活，也决不会活，我只有死。不过，我在死前一分钟，都要为无产阶级工作。

我要求哥哥们：

一、能坚决为无产阶级革命奋斗到最后胜利的时候。这不仅是你们要有这种人生观，能为这种事业干，并且得把自己锻炼成像列宁、斯大林、毛泽东一样会运用马列主义到实际中去，这样才能使自己坚持到无产阶级革命成功的时候。这里边还有这样希望，就是希望你们，能在快乐的幸福的共产主义社会里生活，最后希望到那时候你们还存在。

二、要求哥哥们能把咱们弟弟、侄侄们都能培养成无产阶级的革命战士。尤其是把七弟（尔昌）能培养成坚强的革命伟大人物。

哥哥们永别了！祝你们健康，致最后敬礼！

你的弟弟写于敌人木牢

十二　二

这封家书是金方昌于 1940 年 12 月 2 日在狱中，写给哥哥们的信。

1940 年 11 月 23 日，金方昌被日军逮捕，25 日被押解至日本特务机关。敌人威逼利诱，施以种种酷刑，砍掉了他一只胳膊，挖去了一只眼睛，金方昌宁死不屈。在就义的前一天晚上，他借着月光，用铅笔头在纸烟盒上给哥哥们写了这封绝笔信。

金方昌在家书中，叙述了被捕和坚持斗争的过程。被捕时，他高呼“中华民族解放万岁”，并向敌伪进行讲演。在狱中，他面对穷凶极恶的敌人，没有半点屈服和畏惧，“只有仇恨和斗争”，并坚持向同狱难友和狱卒们宣传抗日救国道理。在敌人狠下毒手后，他用剩下的手指蘸着眼睛里流出的滴滴鲜血，在监狱的墙壁上写下：“严刑利诱奈何我，颔首流泪非丈夫。”他以自己的牺牲，展现了共产党人宁死不屈、舍身取义的崇高形象。

在信中，金方昌希望哥哥们完成自己的遗志，“能坚决为无产阶级革命奋斗到最后胜利的时候”，“能在快乐的幸福的共产主义社会里生活”，希望把本家子弟“培养成无产阶级的革命战士”，表现了一个革命者头可断、血可流，理想信念不可丢的高尚情操。

26

孙晓梅致姨母书（1941 年 5 月 1 日）

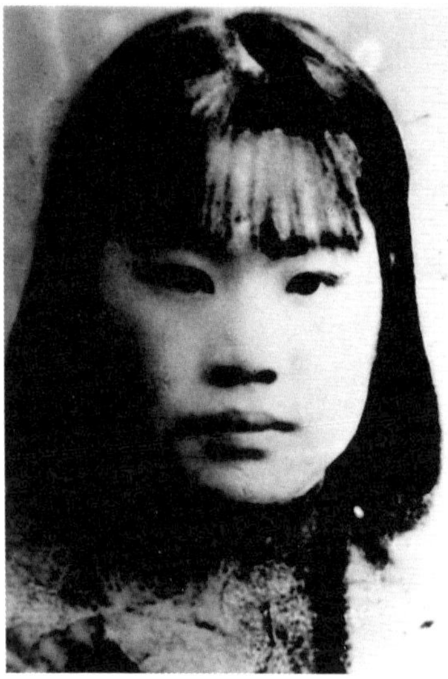

孙晓梅

孙晓梅（1914—1943），化名陈云，浙江富阳人。全民族抗战爆发后，拿起手中的笔，积极宣传抗日。1938 年 10 月，参加新四军。1940 年 9 月，加入中国共产党；同年前往苏南敌后抗日根据地，开展抗日民运工作。1943 年 5 月，护送我党干部返回途中，在南京龙潭被日军逮捕，英勇就义，时年 29 岁。

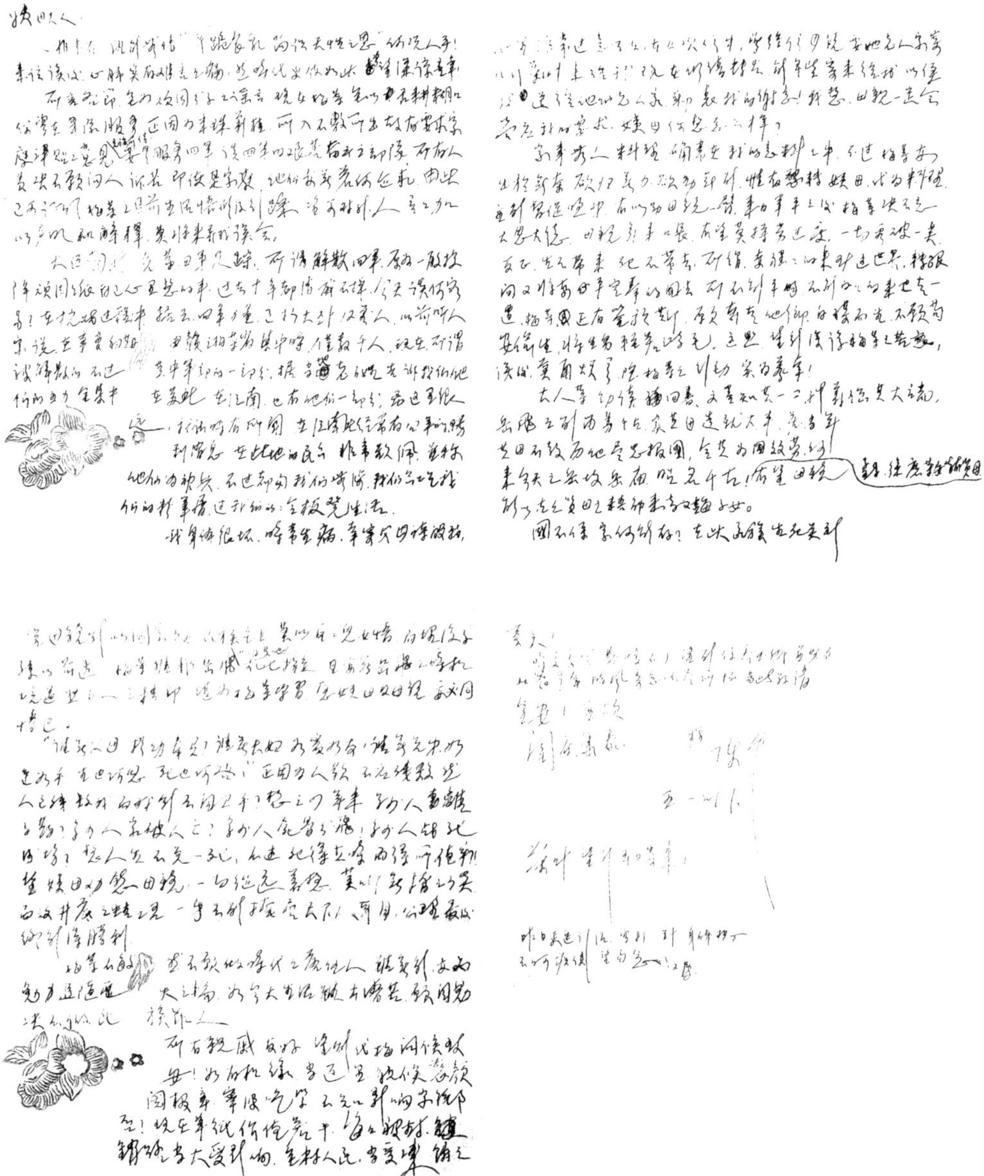

孙晓梅致姨母书（1941 年 5 月 1 日）

姨母大人：

“人非木石，孰能无情？”“羊跪食乳，尚识天性之恩”，何况人乎！来信读后，心肺实存难言之痛！然时代迫使如此，曾望深谅是幸！

所言各节，全为顽固分子之谣言，现在梅等全以舌耕糊口[①]，何曾在军队服务？正因为米珠薪桂[②]，所入不敷所出，故有要求家庭津贴之意见见诸前信；要是服务四军[③]，谈四军的艰苦奋斗之部队，所有人员决不愿向人诉苦，即使是家庭，他们亦无若何企求。由此已可证明梅等之目前生活情形及行踪，望可对外人言之，加以声明和解释，莫将来弄成误会。

大江南北尽第四军足踪。所谓解散四军，原为一般投降顽固派自己心里想的事，过去十年都消灭不掉，今天谈何容易？在抗战过程中，据云，四军力量已扩大到 12 万人。以前听人家说，在事变[④]初期，由赣湘等省集中时，仅数千人，现在所谓被解散的不过其中军部的一部分。据当地老百姓告诉我们，他们的主力全集中在苏北。在江南，也有他们一部分，离这里很远，我们时有所闻，在江南北经常有四军的胜利消息，

① 以舌耕糊口：孙晓梅在苏南从事党的地下工作，为了掩护自己和保护家庭而这样写的。
② 米珠薪桂：形容新四军当时的艰苦条件。
③ 四军：新四军。
④ 事变：皖南事变。

在此地的民众，非常敬佩，并称他们为神兵。不过都与我们无涉，我们只吃我们的粉笔屑，过我们的冷板凳生活。

我身体很坏，时常生病。幸寄父母[1]侍服我，心里非常过意不去。在上次信中，曾经信母亲，要她老人家寄几斤茶叶来给我，现在仍请转告，能早些寄来给我以便我送给他们老人家，聊表我的谢意！我想，母亲一定会答应我的要求，姨母你想怎么样?

家事无人料理，确常在我的意料之中，不过梅等亦出于无奈。欲归无力，欲动无能，惟有恳转姨母代为料理，并能督促煦弟[2]，有以助母亲一臂，来日事平之后，梅等决不忘大恩大德。母亲年事日长，有望莫操劳过度，一切看破一点。反正，生不带来，死不带去，所谓赤裸裸的来到这世界，转眼间又将赤手空拳的回去，所不能平的，不能白白的来世走一遭。梅等止有鉴于斯，愿奔走他乡，自谋而生，不愿苟安偷生，将生易〔命〕轻若鸿毛，这点望能深谅梅等之苦衷，俟后莫再烦言□梅等之行动，实为□幸！

大人等幼读四书，文墨知其一二种，义识其大端。岳飞之能留芳千古，实其母造就大半。若当年其母不

① 寄父母：孙晓梅的干父母，新四军驻地群众。
② 煦弟：孙晓梅的弟弟孙承煦。

鼓历〔励〕他尽忠报国，令其为国效劳，何来今天之岳坟、岳庙昭名千古？孟子、徐庶等要皆有贤母，有望母亲能以古之贤母之精神来教诲子女。

国不保，家何能存？在此民族生死关头，望母亲能以国家为主、民族至上，莫以区区儿女情，而埋没子孙的前途。梅等虽非岳飞以及其他人可比拟，且亦无岳飞之时机、境遇，然古人之精神，堪为梅等学习，想姨母及母亲亦必同情也。

“谁无父母，提幼〔携〕奉〔捧〕负？谁无夫妇，如宾如友？谁无兄弟，如足如手？生也何恩，死也何咎！”正因为人类不应残杀，然人已残杀我，而我能不自卫乎？想三四年来，多少人妻离子散？多少人家破人亡？多少人尸骨分飞？多少人战死沙场？想人生不免一死，不过死得其时而得所值乎?！望姨母劝慰母亲，一切从远着想，莫听无稽之谈，而效井底之蛙语，一手不能掩尽天下人耳目，公理最后终能得胜利。

梅等不敏，然不愿做时代之落伍人；虽无能，亦必勉力追随历史之轮。如今天生活虽云清苦，愿自勉，决不做民族罪人。

所有亲戚友好，望能代梅问候致安！如有机缘，当返里亲候慈颜。阅报章，宁波吃紧，不知影响家乡否？现在草纸价值若干，海口被封，销路当大受影响，全村人民，当受冻饿之忧矣！

时交夏令，寒暖不匀，望能保养玉体，并努力加餐是幸。临风寄意，不尽所怀。专此敬请

金安！并颂

阖府康泰！

甥陈云

五　一　灯下

茶叶望能早日寄来！

昨日延医诊治，曾打一针，身体想不日可疾健，望勿念！又写。

这封家书是孙晓梅于1941年5月1日在苏南，写给姨母的回信。

1941年春，孙晓梅在苏南从事党的秘密抗日工作时，接到了姨母来信。当时正值皖南事变后不久，国民党顽固派极力叫嚣要取消新四军番号，姨母在信中对孙晓梅的安危深表关切，望其能念及母女之情，及时回家侍奉老母。孙晓梅接信后，给姨母写了这封家书。

“‘羊跪食乳，尚识天性之恩’，何况人乎！”孙晓梅对不能在母亲膝下尽孝“心肺实存难言之痛”，但“国不保，家何能存”，誓言“梅等不敏，然不愿做时代之落伍人；虽无能，亦必勉力追随历史之轮。如今天生活虽云清苦，愿自勉，决不

做民族罪人”，希望母亲“能以国家为主、民族至上，莫以区区儿女情，而埋没子孙的前途”。孙晓梅的选择看似“绝情”，但她看重的是对祖国、对民族的大爱，希望姨母和母亲能够理解，并请她们效仿岳飞、孟子、徐庶等人的母亲，支持自己为革命理想而奋斗的伟大志向。“想人生不免一死，不过死得其时而得所值乎？！”正是凭着这种高尚的人生态度，孙晓梅走上了抗日救国的革命道路，献出了宝贵的生命。

27

张文彬致侄书（1941 年 9 月 10 日）

张文彬

张文彬（1910—1944），原名张莼青，湖南平江人。1925 年，加入中国共产主义青年团。1927 年，加入中国共产党。1928 年 7 月，率领部分工农赤卫队参加红 5 军。1934 年 10 月，随红 3 军团参加了长征。1936 年，被派到西安，领导中共西北特别支部对杨虎城进行统战工作。西安事变后，作为中共代表之一参加谈判。1941 年香港沦陷后，参与指挥省港大营救。1942 年，率中共南方工委转移时被江西省中统特务机关秘密抓捕。1944 年 8 月 ，因受长期折磨而病逝在狱中，时年 34 岁。

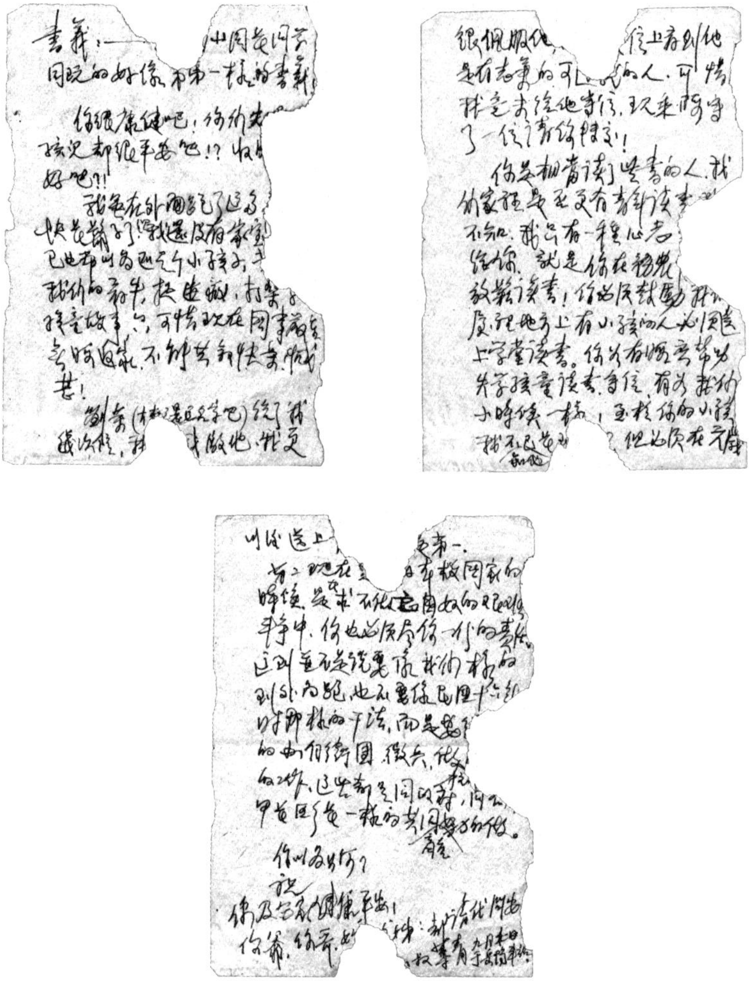

张文彬致侄书（1941 年 9 月 10 日）

书义[①]：……小同长同学同玩的好像弟弟一样的书义：

你很康健吧！你们……孩儿都很平安吧！？收……好吧？！

① 书义：张文彬的侄子张书义。

我虽在外面跑了这多……快长胡子了。但我还没有家室……已也常以为还是个小孩子……我们的看牛，捉迷藏，打架子……孩童故事，只可惜现在国事严重，无暇返家，不能共叙快乐，憾甚！

刘荣（大概是这名字吧）给了我几次信，我……感激他，我更很佩服他……信上看到，他是有志气的可造就的人，可惜我竟未给他写信，现趁暇写了一信。请你转交！

你是相当读了些书的人，我们家里是否更有青年读书……不知，我只有一种心志……给你，就是你在务农……放松读书！你必须鼓励我们屋里地方上有小孩的人，必须送上学堂读书。你如有暇，应帮助失学孩童读书、写信，有如我们小时候一样！至于你的小孩，我不知他已长到……但必须在六岁以后送上……是第一。

第二，现在是……日本救国家的时候，是在求不做亡国奴的艰难斗争中，你也必须尽你一份的责任。这到〔倒〕并不是说要像我们样的到外面跑，也不要像民国十六年①时那样的干法，而是要……的办自卫团、征兵、做抗……的工作，这些都是同政府、同……甲长区乡长一样的共同商量努力的做。

---

① 民国十六年：1927 年。

你以为如何？

祝

你及全家健康平安！

你爷、你哥、□□□姊，都请代问安！

□叔莼青九月十日于岳阳车站

这封家书是张文彬于1941年9月10日在湖南岳阳，写给侄儿张书义的信。

张文彬在家书中，回忆了和张书义一起成长的经历，字里行间浸透着对童年的美好回忆。他告诉侄儿："你必须鼓励我们屋里地方上有小孩的人必须送上学堂读书。"要求侄儿"帮助失学孩童读书、写信"。少年强则国强，张文彬想得很长远，他关心的不仅是时下的救亡图存，更希望革命事业后继有人。

张文彬在信中还教导侄儿，"现在是……日本救国家的时候，是在求不做亡国奴的艰难斗争中，你也必须尽你一份的责任"，可以各种形式投身到抗日洪流中。正是在张文彬这样的革命先烈教育和感召下，在中华民族面临亡国灭种的危难之际，地无分南北、人无分老幼，中华儿女担负起了守土抗敌、共御外侮的责任，赢得了近代以来中国反抗外敌入侵的第一次完全胜利。

28

褚定侯致兄书（1941年12月27日）

褚定侯

褚定侯（1919—1941），字勇深，浙江莫干山人。全民族抗战爆发后，进入中央陆军军官学校第二分校第17期学习，毕业后被编入国民革命军陆军41师121团。1941年，在第三次长沙会战中以身殉国，时年22岁。

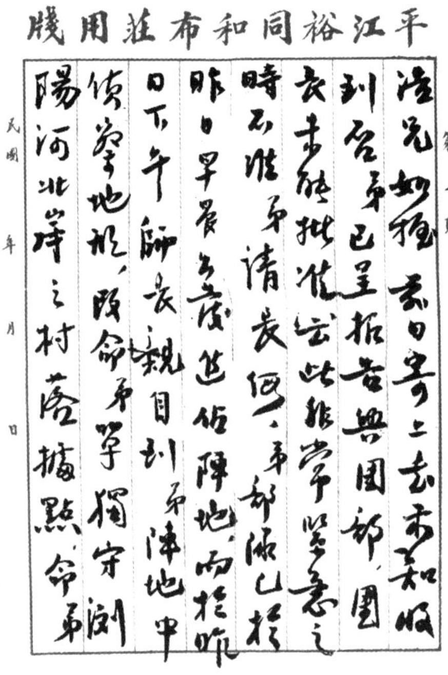

平江裕同和布莊用牋

第一頁

滢兄如握：前日寄上一函，未知收到否？弟已呈报告与团部，团长本欲批准，云此非常紧急之时不准弟请长假。弟部依山于昨日早晨五点进占阵地，而于昨日下午师长亲自到弟阵地中侦察地形，后命弟等独守湘阳河北岸之村落据点，命弟

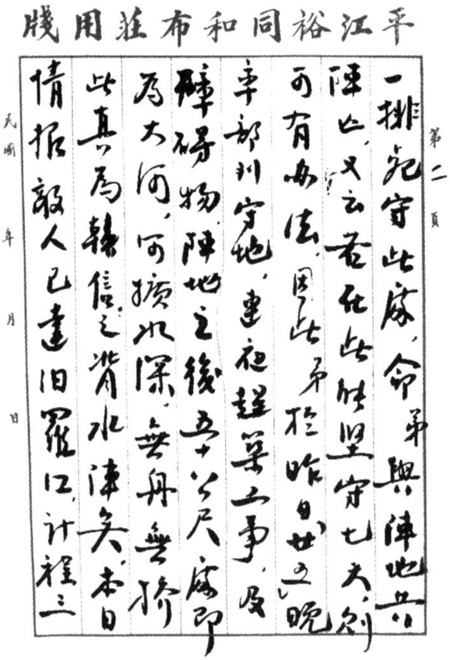

平江裕同和布莊用牋

第二頁

一排死守此处，命弟与阵地共阵亡。又云若在此能坚守七天，则可有办法。因此弟于昨日廿五晚率部到守地，连夜赶筑工事及障碍物。阵地之后五六十公尺处即为大河，河阔水深，无舟无桥，此真可为韩信之背水阵矣。本日情报敌人已达汨罗江，计程三

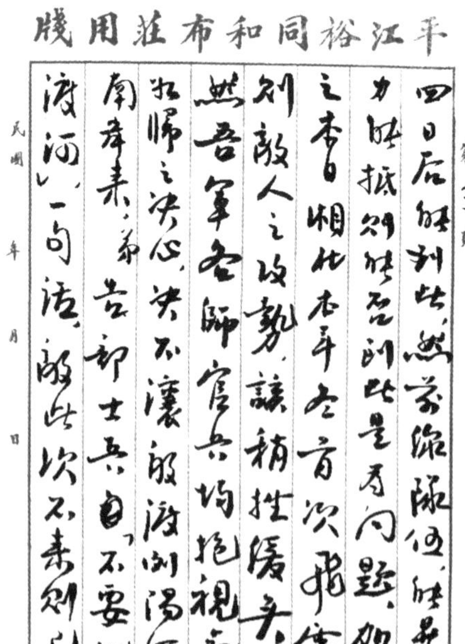

平江裕同和布莊用牋

第三頁

四日后能到此，然弟部队伍能否力能抵御，能否顾此是个问题，加之本日湘北本年首次飞雪，则敌人之攻势，谅稍挫缓矣。然吾军各师官兵均抱视死如归之决心，决不让敌渡湘阳河南岸来。弟告部士兵：自不要他渡河一句话，敌此次不来则已

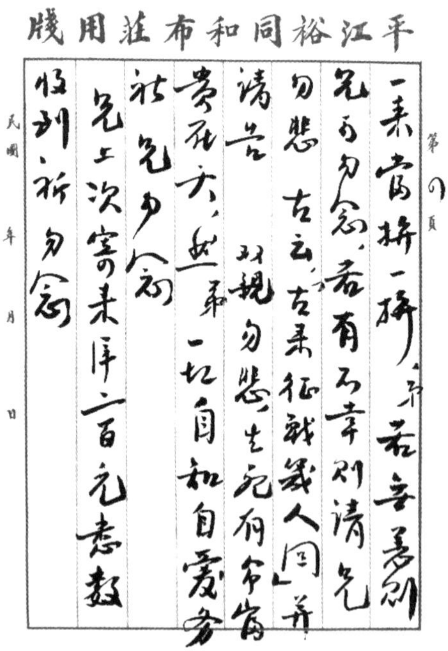

平江裕同和布莊用牋

第四頁

一来寄报一报，弟若无恙则兄可勿念；若有不幸，则请兄勿悲。古云：古来征战几人回，并请告双亲勿悲，生死有命，富贵在天，然弟一切自知自爱，务祈兄勿念。兄上次寄来洋二百元悉数收到，祈勿念。

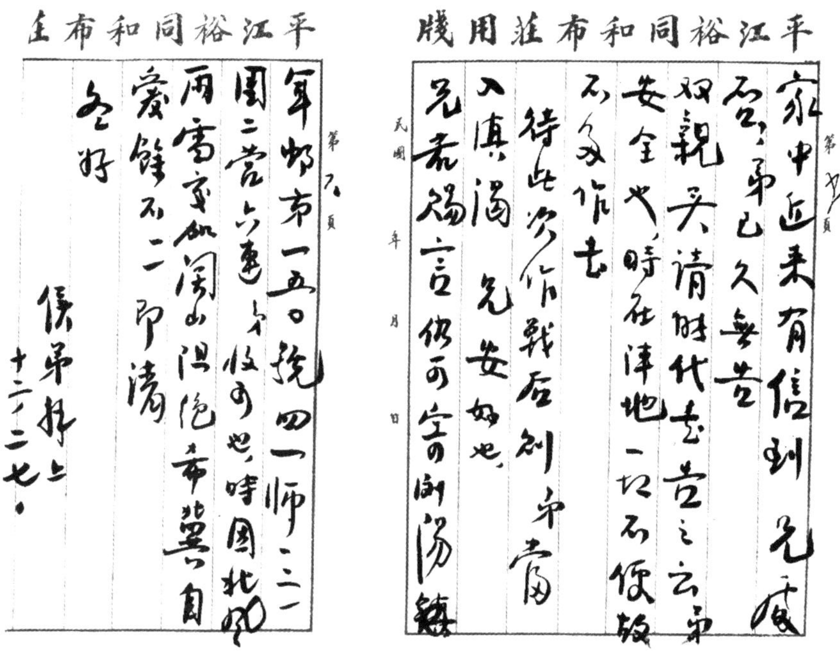

褚定侯致兄书（1941 年 12 月 27 日）

浩[1]兄如握：

前日寄二书，未知收到否？弟已呈报告与团部，团长未能批准，云此非常紧急之时，不准弟请长假。弟部队已于昨日早晨出发进占阵地，而于昨日下午，师长亲自到弟阵地中侦察地形，改命弟单独守浏阳河北岸之村落据点，命弟一排死守此处，命弟与阵地共阵亡。又云若在此能坚守七天，则可有办法。因此弟于昨日（廿五）晚率部到守地，连夜赶筑工事及障碍物。阵地之后五十公尺处即为大河，河扩水深，无舟无桥，

① 浩：褚定侯的哥哥褚定浩，字经深。

此真为韩信之背水阵矣。本日情报：敌人已达汨罗江，计程三四日后能到此。然前线队伍，能毕力能抵，则能否到此，是为问题。加之本日湘北本年冬首次飞雪，则敌人之攻势，该稍挫缓矣。然吾军各师官兵，均抱视死如归之决心，决不让敌渡浏阳河南岸来。弟告部士兵："不要他渡河！"一句话，敌此次不来则已，一来当拼一拼。弟若无恙则兄可勿念，若有不幸则请兄勿悲。古云："古来征战几人回"，并请告双亲勿悲。生死有命，富贵在天，然弟一切自知自爱，务祈兄勿念。

兄上次寄来洋二百元悉数收到，祈勿念。

家中近来有信到兄处否？弟已久无告双亲矣，请能代书告之，云弟安全也。时在阵地，一切不便，故不多作书。

待此次作战后，则弟当入滇谒兄安好也。兄若赐言，仍可寄浏阳军邮第一五〇号四一师一二一团二营六连弟收可也。时因北风雨雪交加，关山阻绝，希冀自爱，余不一一。即请

冬好

侯弟　拜上

十二、二七

这封家书是褚定侯于 1941 年 12 月 27 日在第三次长沙会战前沿阵地，写给大哥褚定浩的信。

褚定侯在家书中写道："然吾军各师官兵，均抱视死如归之决心，决不让敌渡浏阳河南岸来。""敌此次不来则已，一来当拼一拼。"正是凭着视死如归、血战到底的豪情壮志，在前有顽敌、后无援兵的艰难情形下，褚定侯率部与日军昼夜血战，直至全排官兵壮烈殉国，用鲜血和生命践行了"与阵地共阵亡"的豪迈誓言。

"弟若无恙则兄可勿念，若有不幸则请兄勿悲。古云：'古来征战几人回'，并请告双亲勿悲。"褚定侯与家人的依依惜别之语，体现了在抗日民族统一战线旗帜下，广大爱国官兵忠于国家、抗战到底的英雄气概和民族气节。

29

戴安澜致妻书（1942年3月22日）

戴安澜

戴安澜（1904—1942），原名戴炳阳，字衍功，安徽无为人。1924年，进入黄埔陆军军官学校第3期学习。1926年，参加北伐战争。全民族抗战爆发后，参加了长城抗战和台儿庄、昆仑关等战役。1942年，率部编入中国远征军入缅作战。1942年5月26日，率部回撤途中遭日军伏击，在缅甸北部茅邦村牺牲，时年38岁。

亲爱的荷馨[1]：

余此次奉命固守同古，因上面大计未定，与后方□连络过远，敌人行动又快，现在孤军奋斗，决以全部牺牲，以报国家养育！为国战死，事极光荣。所念者，老母外出，未能侍奉；端公[2]仙逝，未及送葬。你们母子今后生活，当更痛苦。但东、靖、澄、篱四儿[3]，俱极聪俊，将来必有大成。你只苦得数年，即可有出头之日矣。望勿以我为念。又我去岁所经过之事，实太对不起你，望你原谅。我要部署杀敌，时间太忙，望你自重，并爱护诸儿，侍奉老母！老父在皖，可不必呈闻。专此即颂

心安

戴安澜致妻书（1942 年 3 月 22 日）

安澜手启

三、廿二

---

① 荷馨：戴安澜的妻子王荷馨。

② 端公：戴安澜的叔祖父戴端甫，知名爱国人士。1942 年 2 月 28 日，端公于广西全州病逝，戴安澜因奉命远征，未能亲临送葬。

③ 东、靖、澄、篱四儿：戴安澜的长子戴复东、次子戴靖东、幼子戴澄东、女儿戴藩篱。

生活费用，可与志川、子模、尔奎三人洽取，因为他们经手，我亦不知，想他们必能本诸良心，以不负我也。又及。

这封家书是戴安澜于1942年3月22日，在缅甸作战前线，写给妻子王荷馨的信。

1942年3月19日，缅甸同古保卫战开始。在紧迫的战斗间隙，戴安澜给妻子写了这封家书，还未来得及寄出，就壮烈牺牲，一个多月后，在其遗物中被发现，是戴安澜的绝笔信。

戴安澜在家书中写道："现在孤军奋斗，决以全部牺牲，以报国家养育！"威武不屈的铮铮铁骨，彰显了舍身取义的浩然正气。戴安澜以马革裹尸的英雄壮举，成为中国人民不畏强暴、以身殉国的杰出代表。毛泽东为他赋挽诗一首："外侮需人御，将军赋采薇。师称机械化，勇夺虎罴威。浴血东瓜[1]守，驱倭棠吉归。沙场竟殒命，斗志也无违。"

"为国战死，事极光荣"，拳拳报国之志光照千秋；"所念者，老母外出，未能侍奉；端公仙逝，未及送葬"，殷殷奉亲之愿自然流露。

① 东瓜：同古。

30

邹毅致祖父书（1942 年 6 月 20 日）

邹毅

邹毅（1918—1943），又名邹善厚，江西横峰人。1938 年，加入中国共产党。1939 年，到华中、苏南地区工作。1941 年 12 月，奉命到溧水韩胡从事抗日工作。1943 年 7 月 8 日，遭国民党顽固派部队包围，突围时壮烈牺牲，时年 25 岁。

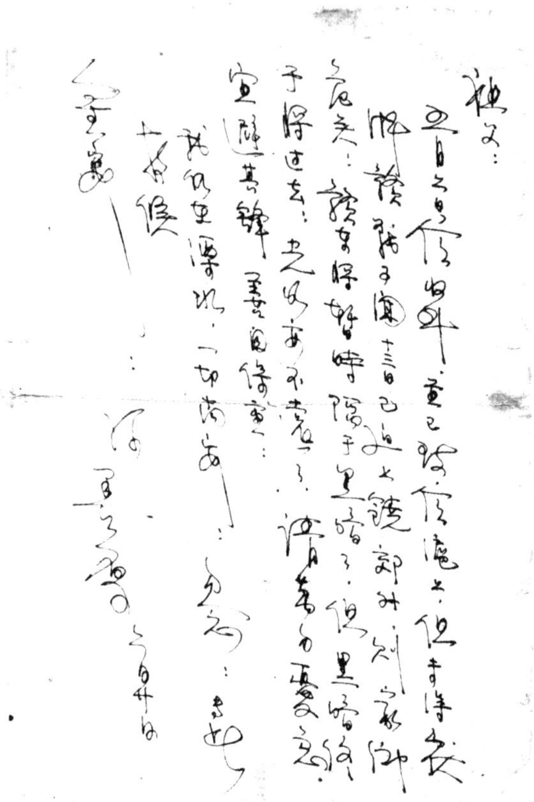

邹毅致祖父书（1942年6月20日）

祖父[1]：

五月六日信收到，并已致信沪上，但未得复。

浙赣战事[2]，闻十三日已迫上饶郊外，则家乡危矣！赣东将暂时隔于黑暗了，但黑暗终于将过去！光明亦不远了。请万勿忧急。宜避其锋，善自保重！

---

① 祖父：邹毅的祖父邹献庭。

② 浙赣战事：1942年5月，日军发动的打通浙赣路和清除衢州空军基地威胁的浙赣战役。

我仍在溧水，一切尚安。勿念！专此

敬候

金安

孙　善厚

六月廿日

这封家书是邹毅于 1942 年 6 月 20 日在苏南，写给祖父邹献庭的回信。

“浙赣战事，闻十三日已迫上饶郊外，则家乡危矣！赣东将暂时隔于黑暗了，但黑暗终于将过去！光明亦不远了。”邹毅以寥寥数语，论及抗战形势，谈及家乡灾变，分析抗战前途，表现了共产党人的坚定理想信念和深厚家国情怀。

邹毅从小跟随父亲在革命队伍里长大，父亲被敌人杀害后，他决心将父辈未竟的革命事业进行到底，曾写下这样的诗句：“月圆心独缺，日圆江山缺。”“来日方长，报国有志。”

31

彭雪枫致妻书（1942年12月3日）

彭雪枫

彭雪枫（1907—1944），河南镇平人。1925年，参加共产主义青年团。1926年，转入中国共产党。曾从事学运、兵运工作，参与领导农民暴动，开展党的秘密工作。1930年，到中央苏区，参加了历次反“围剿”作战和长征。1936年，参加东征。全民族抗战爆发后，任八路军总部作战处处长兼驻晋办事处主任。1938年9月，组建新四军游击支队，领导开辟豫皖苏边区抗日根据地。后任新四军第6支队司令员兼政委、八路军第4纵队司令员。1941年皖南事变后，任新四军4师师长、淮北军区司令员，领导根据地军民同日伪军进行艰苦斗争，巩固和发展了淮北抗日根据地。1944 年 8 月，奉命指挥所部进行西进战役。1944 年 9 月 11 日，在河南夏邑八里庄与国民党顽军作战时壮烈牺牲，时年 37 岁。

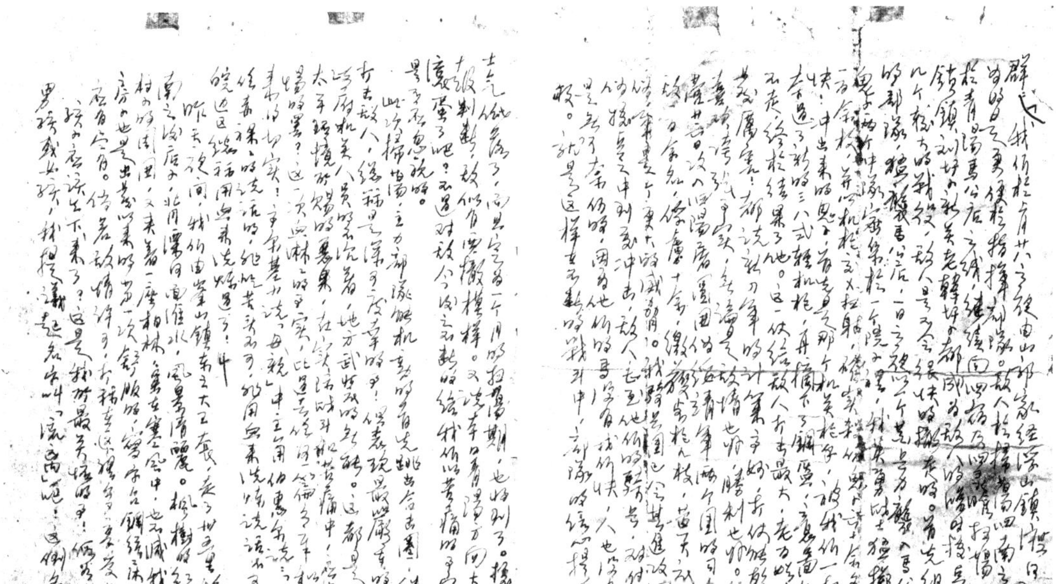

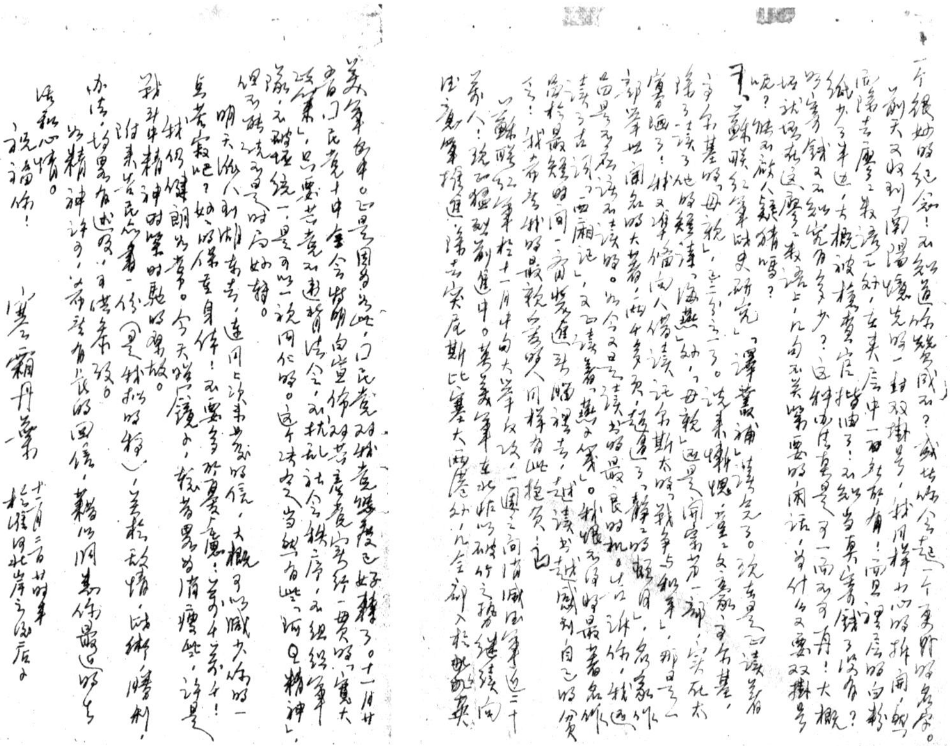

彭雪枫致妻书（1942 年 12 月 3 日）

群[1]：

我们于上月廿八之夜，由山郭家经浮山镇渡河到泗南来，为的是更便于指挥部队。敌人于扫荡泗南之后，即集结于青阳马公店之线，继续向泗宿及泗灵睢扫荡，归仁集、金锁镇、刘圩子、新关、老韩圩子，都成为敌人的临时据点，如不组织几个较大的战役，敌人是不会很快的撤走的。首先组织了

① 群：彭雪枫的妻子林颖。

十一旅的部队，猛袭马公店，一日之夜以一个营兵力，袭入马公店，全部鬼子两个中队密集于一个院子里，我英勇战士猛掷手榴弹一百余枚，并以机枪交叉扫射，确实杀伤鬼子六十余名，实在痛快！冲出来的鬼子，首先是那个机关枪手，被我们一把抱住，先夺过了新的三八式轻机枪，再摘下了钢盔，意图生擒，他坚决不走，终于结果了他。这一仗给敌人打击最大，老百姓轰传后也越发厉害！都说新四军的计策高妙，打仗能干，老百姓总喜欢夸张事实，无论是敌情也好，胜利也好。军区特务营，廿六日攻入泗阳屠圆，围伪绥靖军两个团的司令部，毙敌一百余名，俘虏十余，缴获步枪九枝，黄大衣多件，这对伪军是个更大的威胁。我骑兵团正会其进攻泗城，即在敌伪据点之中到处冲击，敌人知到〔道〕他们的骑兵对付我们的骑兵是无可奈何的，因为他们的马没有我们快，人也没有我们的勇敢。就是这样在不断的战斗中，部队的信心提高了，敌人的士气低落了，而且定为一个月的扫荡期，也将到了。据两日来的情报判断，敌似有西撤模样。又说本日青阳方向大火，大概要滚蛋了吧？不过，对敌今后之不断的给我们以苦痛的事实，无论如何是不应忽视的。

此次扫荡，主力部队能机动的首先跳出合击圈，继而能各线打击敌人，总算是深可庆幸的事！但表现最严重的弱点的，是政府机关人员的不沉着，地方武装的无能。这都是往昔长期太平环境所赐的恶果，在实际战斗和苦痛中，应当会给以警惕的罢？这一次血淋淋的事实，比过去任何一篇文章和报告都要来的切实！高尔基小说《母亲》中主角伯惠尔说："人们是不信任赤裸裸的说话的，飞〔非〕吃苦头不可，飞〔非〕用血来洗炼说话不可！"此次的苏皖边区，总算用血来洗炼过了！

昨天夜间，我们由峰山镇东之大王套，走了卅五里移来双沟东南之后店子，背溧河面淮水，风景清丽。枫树的红叶，绕着村子的周围，又夹着一座柏林，虽在寒风中，也不减我们的游兴！房子也是出发以来的第一次舒服的，写字台、钢丝床、纱橱之类应有尽有。倘若敌情许可，打算在这里多享受几天哩！

孩子应该生下来了？这是我所最关怀的事！假如生产了，不论男孩或女孩，我提议起名字叫"流离"吧！这倒名符其实，一个很妙的纪念！不知道你赞成不？或者你会起一个更好的名字。

前天又收到南阳忆先的一封双挂号，我同样小心的拆开，然而除去廖廖〔寥寥〕数语之外，在夹层中一无所有！而且里层的白粉纸少了半边，大概被检查官揩油了！不知当真寄钱了没有？如寄钱，又不知究有多少？这种办法真是可一而不可再！大概坏就坏在这廖廖〔寥寥〕数语上，几句不关紧要的闲话，为什么又要双挂号呢？能不启人疑猜吗？

《苏联红军战史研究》、《译丛补》读完了，现在是正读着高尔基的《母亲》，正二分之一了。说来惭愧，堂堂文豪高尔基，除了读了他的短诗《海燕》外，《母亲》还是开宗第一部，实在太寡陋了！我又准备向人借读托尔斯太的《战争与和平》，那是一部举世闻名的大著，两千多页，超过了《静静的顿河》，名家作品是不应该不读的。如今又是读书的最良时机。告诉你，我还读了古词《西厢记》，又正读着《燕子笺》。我恨不得将最著名作品于最短时间一齐装进头脑里去，越读书越感到自己的贫乏！我希望我的最亲爱的人，同样有此抱负！

苏联红军于十一月中旬大举反攻，一周之间消灭德军近二十万人！现正猛烈前进中。英美军在以破竹之势继续向德意军推进，除去突尼斯、比塞大两港外，几全部入于北非英美军手中。正是因为如此，国民党对我党态度也好转了。十一月廿五日，国民党十中全会特明白宣布对共产党实行一贯的“宽大政策”，只要共党不违背法令，不扰乱社会秩序，不组织军队，不破坏统一，是可以一视同仁的。这个决定，当然有些“阿Q精神”，但不能说不是时局好转。

明天派人到湖东去，连同上次未发的信，大概可以减少你的一点苦寂吧？好好的保重身体！不要多所忧虑！万千万千！

我仍健朗如常。今天照镜子，较昔略为消瘦些，许是战斗中精神时紧时驰〔弛〕的原故。

附来告民众书一份（是我拟的稿），关于敌情、战术、胜利、办法，均略有述及，可供参考。

如精神许可，希望有长的回信，藉以洞悉你最近的生活和心情。

祝福你！

寒霜丹叶①

十二月三日廿时半于淮河北岸之后店子

这封家书是彭雪枫于1942年12月3日在淮北苏皖边区根据地，写给妻子林颖的信。

1942年11月13日至12月15日，日伪军集中七千余人的兵力，对淮北苏皖边区根据地进行“大扫荡”，企图歼灭新四

① 寒霜丹叶：彭雪枫的笔名。

军4师主力。彭雪枫率领部队昼伏夜出，灵活机动地打击敌人，赢得了“三十三天反‘扫荡’”的胜利。这封家书就写于“三十三天反‘扫荡’”即将胜利的前夕。

彭雪枫在家书中，与妻子分享了胜利的喜悦，“这一仗给敌人打击最大，老百姓轰传后也越发厉害！都说新四军的计策高妙，打仗能干”，并生动地描述了马公店战斗、泗阳屠圆战斗的战况。他写道：“就是这样在不断的战斗中，部队的信心提高了，敌人的士气低落了，而且定为一个月的扫荡期，也将到了”，由衷地感叹杀敌报国“实在痛快”。彭雪枫在信中还介绍了世界反法西斯战争和国共抗战的时局，对抗战胜利的光明前景充满信心。他对理想信念有执着的追求和坚守，并为此不懈奋斗，直至生命最后一刻。

孩子是彭雪枫的牵挂，他在家书中问起了孩子的情况，并提议取名“流离”来纪念这段峥嵘岁月。

32

林晖致父书（1945 年 5 月 14 日）

林晖

林晖（1921—1945），又名林正富，江苏丹阳人，中共党员。1940 年，参加新四军，随部队转战南北。1945 年 9 月，在浙江吴兴攻打伪军据点时壮烈牺牲，时年 24 岁。

父亲：

在你回去的第二天下午一时，我们又继续向南推进的。在当晚，我们驻西塔山，我到杨山老五姑家中去拜望一下，他们很客气，还烧了些菜饭给我吃。第

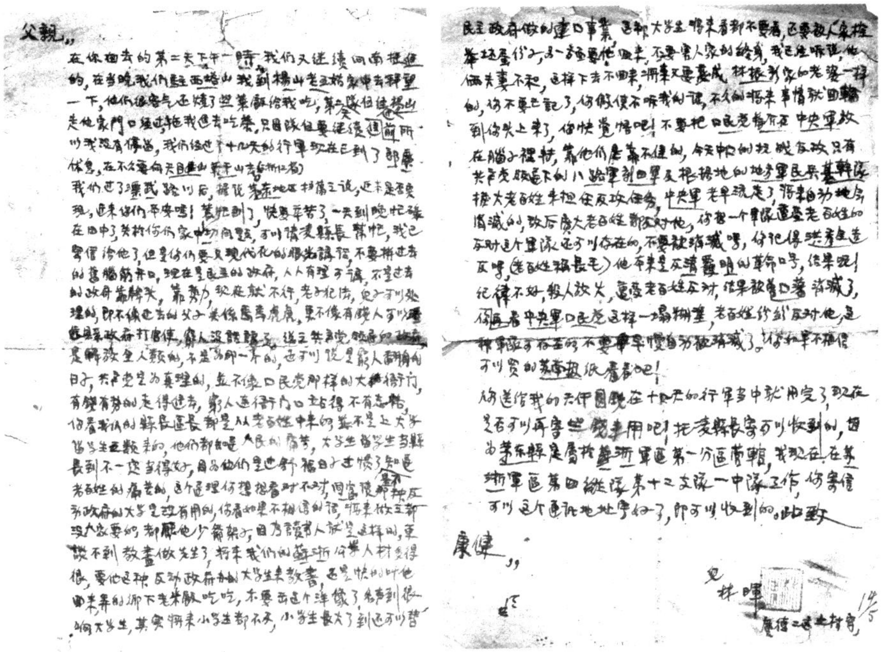

林晖致父书（1945 年 5 月 14 日）

二天，队伍经过杨山，走他〔她〕家门口经过，拖我进去吃茶，只因队伍要继续前进，所以我没有停留。我们经过了十几天的行军，现在已到了郎广休息，在不久要向天月山、莫干山去（浙江省）。

我们过了溧武路以后，据说茅东地区扫荡之说，近来是否实现，近来你们平安吗！农忙到了，快要辛苦了，一天到晚忙碌在田中了。关于你们家中一切问题，可以请凌县长[①]帮忙，我已写信给他了。但是你们要又〔有〕现代化的眼光讲话，不要拼过去的旧脑

① 凌县长：茅东县抗日民主政府县长凌海波。

筋开口，现在是民主的政府，人人有理可讲，不是过去的政府靠牌头，靠势力，现在就不行，老子犯法，儿子可以处理的，即〔既〕不像过去的父子关系马马虎虎，更不像有钱人可以□进县政府打官使〔司〕，穷人没话说了。总之，共产党领导的政府，是解放全人类的，不是为那一个的，也可以说是穷人翻身的日子。共产党是为真理的，并不像国民党那样的大衙门，有钱有势的走得进去，穷人连衙门口站得不有志〔资〕格。你看我们的县长、区长都是从老百姓中来的，并不是上大学、留学生之类来的，他们都知道人民的痛苦。大学生、留学生当县长到〔倒〕不一定当得好，因为他们是过舒福〔服〕日子过惯了，是不知道老百姓的痛苦的，这个道理你想想看对不对，同富资那种反动政府的大学是没有用的。你看如果不相信的话，将来做之都没大家要的，都厌他少爷架子。因为读书人就是这样的，更谈不到教书做先生了。将来我们的苏浙公学，人材多得很，要他这种反动政府办的大学生来教书？还是快的〔点〕叫他回来，弄的〔点〕乡下老米饭吃吃，不要出这个洋像了。名声到〔倒〕很响〈的〉大学生，其实将来小学生都不及，小学生长大了到〔倒〕还可以替民主政府做的〔点〕建国事业。这种大学生将来看都不要看，还要被人家检举坏蛋份子。另一方面要他回来，不要害人家的终身。我已经听说，他俩夫妻不和，这样下去不回来，将来又要变成林振新家的老婆一样的，你不要亡〔忘〕记了。你假使不听我的话，不久的将来，事情就回〔会〕轮到你头上来了，你快觉悟吧！不要把国民党、蒋介石、中央军放在脑子里转，靠他们是靠不住的。今天中国的抗战反攻，只有共产党领导下的八路军、新四军及根据地的地方军、民兵基干队、扩〔广〕大老百姓来担任反攻任务，中央军老早流〔溜〕走了，将来自动地会消灭的，敌后广大老百姓都反对他。你想一个军队遭受老百姓的反对，这个军队还可以存在的，不要被消灭吗？你记得洪秀全造反吗（老百姓称长毛），他本来是反清覆〔复〕明的革命口号，结果呢，纪律不好，杀人放火，遭受老百姓反对，结果被曾国藩消灭了。再你看中央军、国民党这样一塌糊涂，老百姓纷纷反对他，这种军队可存在的，不要早慢自动被消灭了。你如果不相信，可以买的〔点〕苏南报纸看看吧！

你送给我的六仟圆钱，在十几天的行军当中就用完了，现在是否可以再寄些钱来用吧？托凌县长寄可以收到的，因为茅东县是属于苏浙军区第一分区营〔管〕辖。我现在在苏浙军区第四纵队第十二支队一中队工作，你寄信可以这个通讯地址寄好了，即可以收到的。此致

康健

儿　林晖

广德二区上村寄

14/5

这封家书是林晖于1945年5月14日在安徽广德，写给父亲的信。

林晖写这封家书时，德国法西斯已经战败投降，日本法西斯的彻底失败也为期不远。由于国民党当局坚持独裁统治，拒绝进行民主改革，中国面临着光明与黑暗两种前途、两种命运的时刻。

林晖在信中，向父亲讲述了共产党与国民党的区别："共产党领导的政府，是解放全人类的，不是为那一个的，也可以说是穷人翻身的日子。共产党是为真理的，并不像国民党那样的大衙门，有钱有势的走得进去，穷人连衙门口站得不有资格。""今天中国的抗战反攻，只有共产党领导下的八路军、新四军及根据地的地方军、民兵基干队、广大老百姓来担任反攻任务，中央军老早溜走了，将来自动地会消灭的，敌后广大老百姓都反对他。"劝说父亲："不要把国民党、蒋介石、中央军放在脑子里转，靠他们是靠不住的。"林晖不仅是一个战斗员，而且是一个宣传员。他选定了主义、站定了队伍，因此成为了人民景仰的英雄。

后 记

参与本书编写工作的有：白云涛、安莉、刘中刚、程定飞、李宗远、要秋霞、刘守华、任京培、梁英华、刘学礼、汪洪斌、管军、赵阳、马冀、董良、任建玲、桂星星、何丁、乔玲梅、李文华、尹琛等同志。在本书的编写过程中，得到了中国国家博物馆、中国人民革命军事博物馆、中国人民抗日战争纪念馆、中国人民大学博物馆、雨花台烈士纪念馆、茅山新四军纪念馆、聊城傅斯年陈列馆等单位的大力支持。中央党史研究室、中国社会科学院近代史研究所对书稿提出了意见和建议。陈瑞峰、齐绍军、任贵祥同志具体负责组织和统稿工作。黄坤明同志审阅全部书稿。

编 者

2015 年 11 月